KB260081

SURVIVAL

목표와 계획을 가지고 떠나는

# 조기유학 서바이벌 가이드

김시원 + 권태욱 지음

GUIDE

한울

**국립중앙도서관 출판시도서목록(CIP)**

(목표와 계획을 가지고 떠나는) 조기유학 서바이벌 가이드 /
김시원, 권태욱 지음. -- 파주 : 한울, 2007
  p. ;   cm

ISBN 978-89-460-3762-5 03810

377.7-KDC4
378.194-DDC21                                      CIP2007002235

# 책을 읽으려는 분들께

뉴질랜드에서 13년을 살았다. 초등학교 3학년이던 아이가 대학교 4학년이 되도록. 이민으로 갔지만 처음 3년은 나 자신이 유학생인 것처럼 살았고, 그 기간을 포함한 13년 내내 유학생의 아버지로 살았다.

촌지 내밀기와 선생님 접대가 불가능한 아내와 살면서 한국에서 아이를 주눅 들지 않게 키우는 것이 불가능하다는 판단에서 미국 유학 대신 택한 뉴질랜드 이민이었다. 어릴 때 시골 마을을 떠나서 서울로 내가 유학을 왔듯이, 그렇게 가서 살면 될 것이라고 생각했다.

10년을 넘게 살았지만 결국 현지화되지 못하고 돌아왔다. 그곳에서 지낸 내 삶의 의미를 지금은 규정지을 수 없다. 그 곳에서 내가 생각하고 느낀 것이 모두 책으로 펴낼 가치가 있다는 생각도 들지 않는다. 내가 본 것, 들은 것, 그리고 느낀 것이 단편적일 수 있으므로.

그중에서 가장 안전하게 말할 수 있는 것을 골랐다. 그리고 지금의 한국 상황에서 읽는 분에게 약간의 도움이 될 것 같은 내용으로. 물론 모든 한국인에게 해당하는 내용은 아니다. 초등학교나 중·고등학교에 다니는 자녀를 외국으로 유학 보낼 것을 검토하는 사람들만 관심이 있는 내용이다. 형편이 안 되어서 아예 그런 꿈도 꾸지 못하는 분들은 그래서 오히려 다행일 수 있다.

꼭 들려줘야 되겠다고 머릿속으로 생각한 것은 많았는데, 막상 써놓고 보니 분량이 많지 않았다. 그래서 아내의 글을 보탰다. 아내의 글은 우리가 아직 뉴질랜드에 살고 있을 때 한국의 ≪프레시안≫에 기고한 내용이다. I부부터 V부까지는 아내의 글이고, VI부는 내가 쓴 것이다. 아내의 글은 생활체험 이야기이고, 내 글은 안내서 혹은 잔소리다. 잔소리니만큼 재미는 적을지 모르지만 그 상황에 처할 사람들은 관심이 갈 만한 이야기만 골랐다. 거기 살 때 나보다 나중에 온 사람들에게 내가 해주던 이야기다.

어떤 분은 아내의 글이 더 도움이 된다고 생각하고, 어떤 분은 내 글이 생활하는 데 필요한 내용을 담고 있어서 읽을 가치가 있다고 생각하기도 한다. 어느 쪽이라도 도움이 된다면 크게 다행으로 여기겠다.

2007년 7월 초
권 태 욱

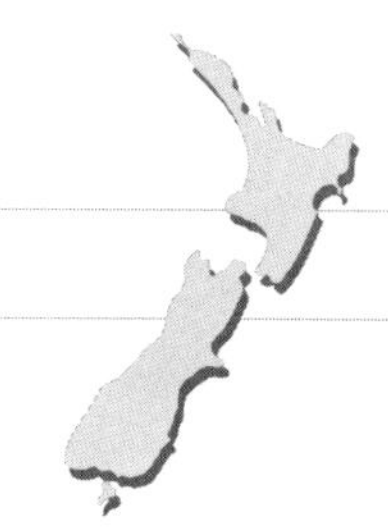



# 왜 이민을 왔냐고

　이민 오면 누구나 받는 질문이 있다. 왜 이민을 왔느냐는 거다. 이 질문은 키위도 하고 같은 이민자끼리도 한다.

　말이 옆으로 새는데, 이 나라에는 세 종류의 키위가 있다. 우리나라에서도 수입되어 팔리는 과일, 요새는 제주도에서 재배한다고 하는, 중국이 원산인 다래 종류의 과일 키위가 그 하나다. 생명을 위협하는 무서운 적수가 없어 날 이유를 잃어버리고 날개가 퇴화해버려 걸어다녔는데, 그나마도 멸종 위기에 있어 이 나라에서 보물 취급받는 새 키위가 다른 하나다. 그리고 사람 키위가 있다.

　미국사람을 양키라고 하면 그들을 비하하는 말이지만 이 말은 그와는 다르게, 우리나라 사람들이 스스로를 배달민족이라고 일컫듯이, 이 나라 사람들이 스스로를 일컫는 말이다.

　각설하고, 새로운 키위를 알게 되어 인사하면 왜 이민을 왔느냐는 질문을 통과의례처럼 거쳐야 한다. 한국 사회는 경쟁이 심하고, 교통 체증도 심하고, 환경도 오염되어 있고 등으로 이야기하다 보면 내 나라를 흉보는 것 같아 기분이 슬그머니 나빠진다. 그래서 새로운 생활에 도전하고 싶어서라고 언젠가 대답했더니 '넌 참 용감하다'는 칭찬 아닌 칭찬을 들었다. 이 대답이 그래서 나의 모범답안이 되었다.

이민자들끼리도 왜 이민 왔느냐고 묻는다. 이민자들끼리는 키위에게 하는 대답과 내용이 달라진다. 이때의 답안은 아이들 교육 때문이라는 것이다. 키위에게도 아이들 교육 때문이라는 대답을 하기도 하지만, 이민자들끼리는 이 대답이 거의 100퍼센트 나온다.

20세기가 될 때까지, 흉년이 들어 굶어 죽을지언정 두만강에 있는 비옥한 간도(間島)에 월경해 농사를 짓는 것은 사형에 해당되는 죄가 되었던, 또 내가 떠날 당시를 기준으로 그보다 불과 10년 전만 해도 외국에 나가는 것은 여행조차도 일반인에게 허락되지 않았던 고국을 등지고 부모 형제를 떠나 이곳에 살러 온 것이 뭔가 떳떳지 못한 것 같은 느낌 때문에 무의식적으로 뉴질랜드로의 이민이 나의 이기심이 아니라 자식을 위해 희생하는 걸로 말하게 만드는 걸까.

눈물짓는 부모님과 형제들, 친구를 등 뒤로 하고 출국장을 나설 때 우리의 젊은 시절 금지된 책만 들고 있어도 잡혀가던 숨 못 쉬게 답답한 나라를 떠난다는 속 시원함을 내색도 못 하고 숨죽여 비행기에 올랐기 때문일까.

어쨌거나 우리나라의 교육제도와 환경은 공식적으로(?) 이민자들끼리 말하는 이민의 주된 요인이다. 이제는 우리나라에서도 자식교육 때문에 이민 가는 걸 탓하거나 비난하는 분위기는 거의 사라지고 내남없이 이민은 아니더라도 아이를 유학 보내거나, 유학은 아니더라도 어학연수라도 보내고 싶어 하는 경향이 있다고 들었다. 7~8년 전에 올 때만 해도 주위의 눈총을 받으며 이민을 왔는데, 이제는 어쩌면 그리 선견지명이 있었냐며 주변 사람들이 부러워했다고 서울에 다녀온 어떤 친구가 말해주었다.

그렇게 우리는 한국의 교육제도와 환경이 싫어서, 아이가 그 안에서 못 견뎌서 이곳에 왔는데, 이곳에서도 여전히 우리는 한국식으로 과외를 시킨다. 과외를 시키는 것이 한국식이란 말인가, 아니면 과외를 한국식으로 시킨다는 말인가. 둘 다다.

불과 수십 년 안에 눈부신 경제 성장을 위해 숨 가쁘게 달려온 나라에서 온 민족답게 우리는 여기서도 아이가 빨리 영어를 쫠쫠 말하고 반에서 물론 수학은 1등을 해야 한다는 강박관념 때문에 아이에게 과외를 시킨다. 영어로 듣는 것보다는 아무래도 한국말로 설명을 듣는 것이 확실할 것 같아 수학, 과학은 물론이고 영어까지도 한국사람 영어 선생님에게 과외를 시킨다.

학교도 우리나라처럼 공부를 잘 가르친다고 소문난 곳이 인기가 있다. 우리에게는 이곳에서도 그런 학교가 좋은 학교로 여겨진다. 그래서 소문난 학교에 한국 아이들이 몰려들기 때문에 그런 학교에 가면 한국 아이들이 전체 학생 수의 10퍼센트를 오르락내리락 한다. 아이

들을 위해 이 먼 곳까지 왔는데 학교 하나 좋은 데 못 보내겠느냐 싶어
서다.

이렇게 우리는 여기서도 변함없이 우리의 뜨거운 교육열을 과외와
학군 좋은 학교 선호로 과시하고 있다.

그러면 이 나라 사람들은 아이에게 과외를 시키지 않는가. 아니다.
이 나라에도 과외가 있다. 동네 신문 광고란을 보면 과외 교습란이 있
고 광고하는 사람이 전혀 없는 것은 아니다. 수학 가르친다는 광고가
한두 개 늘 있는 걸 보면 학과목 과외도 분명히 있다.

그것이 키위 아이들을 겨냥한 것인지 아니면 때로 키위에게 과외를
받는 한국사람이나 중국사람을 겨냥한 것인지는 몰라도. 어쨌든 내
주변에서 학과목 과외 시키는 키위를 10년 동안 하나도 보지 못했다.

그런데 키위 부모도 아이들 과외 시키는 데 극성인 사람들이 많다.
아니 우리나라 부모보다 훨씬 더 극성이다. 우리나라에서는 기껏해야
과외 선생을 족집게 선생으로 잘 골라주고, 과외비 잘 대주고, 과외에
아이들 모시고 다니면 과외에 극성인 부모가 될 수 있지만, 여기 키위
부모가 과외에 극성 부모가 되려면 해야 할 것이 더 많다. 시간도 들여
야 하고 노동도 해야 한다. 그래서 아이가 두셋 정도 되면 부모가 자기
의 취미생활을 몇 년간 포기해야 할 정도다. 어른도 놀 거리가 많은 이
나라에서.

이곳의 과외는 엄격히 말해서 우리나라처럼 공부하는 과외가 아니
라 과외로 하는 활동이다. 실내에서 하는 그림 그리기나 만들기, 악기

연주, 드라마와 연설 등도 있지만 주로 작은 돛단배 타는 보트 클럽, 말 타는 승마 클럽, 럭비나 크리켓 클럽 등 옥외 활동을 하는 클럽에 속해서 활동한다는 의미다. 대부분의 아이가 적어도 한 가지, 많으면 두세 가지 클럽 활동을 한다. 그러니 아이가 셋 정도 되면 부모가 주말에도 주중보다 더 바빠질 수밖에 없다. 차로 아이들을 데리고 왔다 갔다 하는 일만으로도.

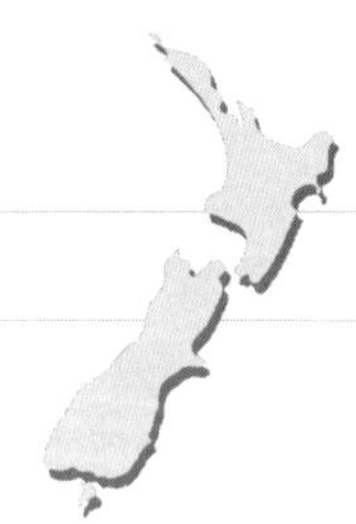



# 계속 여기서 살 거니, 돌아갈 거니

이 나라에서 계속 살 건지 아니면 언젠가는 돌아갈 건지를 키위가 물어볼 때, 결국은 돌아가게 되지 않겠느냐고 대답해야 할 것 같으면서도 그럴 경우 얌체 같은 느낌을 주지 않을지 염려하게 된다. 이것이 바로 이사와 이민의 차이일 거다. 내 나라 안에서 생활 근거지를 옮겼다면 고향에 돌아갈 거냐는 질문에 '언젠가 가겠지'라는 대답이 어색하지 않을 거다.

사실은 고향에 돌아가 살 거냐고 묻는 사람이 있기나 할지 모르겠다. 실제로 고향에 돌아가 사는 사람이 얼마나 될까 싶은 이 시대에 맞지 않는 어색한 질문이기에. 이 어색한 질문에 어색한 대답을 해야 하는 것은 내가 남의 나라에 와서 살기 때문이다.

사회복지제도가 완벽하다 못해 그 때문에 경제가 망가질 지경에 이르렀던 이 나라는 1990년대에 들어 열심히 자유경제제도를 도입하여 복지 혜택이 많이 줄어들긴 했지만, 여전히 이용할 수 있는 이런저런 복지 혜택이 있다. 아시아인들이 병원 계산대에서 이 나라 최저소득층에게 발급하여 병원비를 보조해주는 소셜 서비스(social service) 카드와 함께 내민 것이 골드 비자카드였다고 그걸 본 키위가 분개한 이야기를 듣기도 하고, 자녀 수에 따라 주는 보조비를 타는 사람이 아이를 사립학교에 보내고 있다고 같은 이민자끼리 비난하는 소리도 들렸다. 노인들에게 주는 수당(물론 나이 들어 자녀 따라 이민 와서 세금 낸 기록이 없기 때문에 최저로 받아 용돈 정도지만)을 받으면서 해외여행을 세 번 했다고 그 수당을 금지당한 할머니 이야기도 듣는다.

이런 이야기를 접할 때마다, 내가 키위라고 해도 세금 한 푼 안 내고 이 나라에서 주는 혜택을 받는 사람들이 곱게 보이지는 않겠다는 생각을 한다. 물론 소비를 함으로써 간접세금을 내고 또 우리나라에서 번 돈을 가지고 와서 이 나라에서 소비하는 거니까 이 나라에 기여하는 거라고 혼자 우겨보지만 그런 이야기를 듣는 것은 결코 떳떳한 느낌을 주진 못한다. 그래서 언젠가는 내 나라로 돌아가겠다고 대답하는 것이 얌체 같아 보이지 않을까 나도 모르게 그런 생각이 드는 것이다. 남편 월급 오르는 것에 따라 세율이 무섭게 올라 월급이 오르나 마나라는 불평을 하게 되면서부터는 더욱 그런 생각이 든다. 그런데…….

얼마 전 정초라고 몇 집 건너 사는 일레인 할머니가 티타임에 초대하셨다. 큰딸네 가족도 오고 다른 이웃도 오니까 10시 이후 아무 때나

오라고 하시면서. 할머니네와 그 큰딸네, 우리, 그리고 다른 두 부부와 혼자가 되신 지 오래된 할머니, 이렇게 모여 오전과 오후에 걸쳐 시간을 보냈다. 연말연시라 전화연결이 잘 안 된다는 이야기가 나오면서 우리보고 서울에 전화 거는 데 힘들지 않았냐고 누가 물었다. 별문제 없었다고 대답했더니, 일레인 할머니네 사위는 부모님에게 전화하려고 몇 번 시도하다가 안 되어 결국 포기했다고 했다. 그러면서 하는 말이 자기 부모님은 1953년에 이민 오는 배에서 만나 결혼하셨는데, 뉴질랜드에서 35년을 사신 후 다시 영국으로 돌아가셨다는 거였다. 그분들이 뉴질랜드 오실 때와 영국으로 돌아가셨을 때의 상황은 엄청나게 달라졌지만 그래도 거기서 적응을 잘하고 계시다고 하면서.

홀로 되신 할머니도 영국에서 이민 오신 분이다. 고향이 그리워 몇십 년 만에 영국에 가는데, 그 딸은 어머니가 영국에서 아주 살겠다고 할까 봐 걱정을 하더란다. 자기도 그럴지 모르겠다고 생각했는데, 가서 얼마 있어 보니 뉴질랜드가 그리워서 딸에게 적정 말라고, 집에 돌아갈 거라고 전화했었다는 이야기를 들려주었다. 웰링턴에서 온 할머니도 그 말에 동의했다. 자기는 시골에서 자랐기 때문에 웰링턴이나 오클랜드 같은 큰 도시에서 언제까지나 살 건 아니고 아이들 다 키우면 은퇴하여 시골로 돌아가야겠다고 마음먹었단다. 그런데 정작 은퇴할 때가 되니까 지금 사는 곳 말고 갈 데가 없더란다. 그래서 이 오클랜드에 와서 처음 살던 동네를 벗어나지 못하고 그냥 살고 있다고. 그리고 가끔 고향에 가보아도 머릿속에서 그리던 고향이 아니라고.

사실 뉴질랜드가 고향이라고 말할 수 있는 사람이 뉴질랜드에 그리 많다고는 할 수 없다. 영국인이 뉴질랜드에 들어와 살기 시작한 것이 120년 정도이니 뉴질랜드에서 제일 오래된 집안이라 해도 4대를 넘어갈 수 없고 3대째 살았다는 집도 보기 드물다. 부모님 대에 왔다고 하는 집이 보통인데, 그나마 댓 집 건너 한 집 있을까. 물론 마오리인의 역사는 거슬러 올라가면 400년은 되지만, 그들 역시 원주민이라기보다는 이민자들이라고 할 수 있다.

그래서 내남없이 고향에 대한 향수를, 2~3대가 살았다 하더라도 뿌리에 대한 향수를 지닌 사람들끼리 살아가는 나라가 바로 이 뉴질랜드고, 누구나 고향이나 뿌리를 찾아갈 가능성을 염두에 두고 살기 때문에 나의 키위 친구들도 나에게 가끔 묻는 것이리라. 계속 여기서 살거니, 아니면 언젠가 돌아갈 거니?

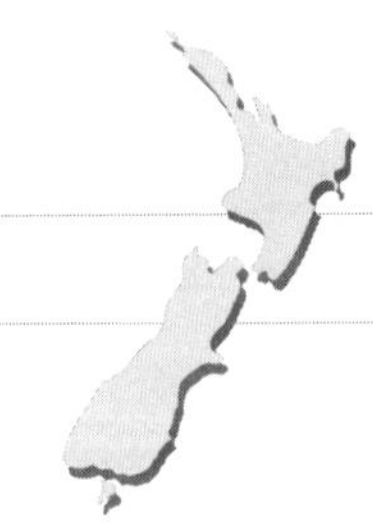



# 세 금

봉급을 받는 사람의 경우 작년부터 세금 신고를 직접 하지 않고 고용주가 하게 되어 얼마나 편한지 모른다. 세금 신고 마감일이 4월 7일 1학기 중간 한참 공부할 때라 이곳에 오자마자 대학에 다니는 남편 대신 세금 신고는 꼬박 나의 몫이었다. 세금은 신고서와 함께 안내서가 동봉되어 몇 달 전에 날아온다. 그 안내서를 따라 더하기 빼기만 할 줄 알면 세금 신고를 혼자 할 수 있다. 이렇게 말하지만 나중에 보니까 첫해에는 남편 것의 계산이 틀렸고, 다음 해에는 내 것을 잘못 계산하여 신고했다.

그러나 세무서에서는 신통하게도 그걸 다 바로잡았다. 많이 낸 세금은 돌려주고 덜 낸 것은 받아냈다. 그 안내서의 세금공제 받는 부분에 재미있는 말이 있다. '탈세는 불법이지만 절세는 합법이니까 절세할 수 있는 것은 모두 적으라'는 것이다. 자선단체나 공공기관에 기부한 것, 직업을 가지느라 아이를 돌볼 수 없는 경우 아이를 맡기는 데 들어간 비용, 그리고 세금 신고를 나처럼 직접 하지 않고 세무사가 대신 할 경우 그 비용 등을 수입에서 공제하거나 아니면 세금에서 공제할 수 있었다.

6~7년 전에 잠시 오클랜드 대학 파트타임 학생이었던 적이 있다. 어느 날 학교 건물 여기저기에 대자보가 붙었다. 플레처라는 회사 그룹이 있는데 그 회사에서 그 전해에 세금을 한 푼도 내지 않았다는 것이다. 뉴스 시간에 매일 주가의 등락을 보도할 때 나오는 회사라 뉴질랜드에 아직 몇 년 살지 않았던 나도 그 회사 이름을 알고 있었다. 어떻게 그렇게 큰 회사가 세금을 한 푼도 내지 않을 수 있나 놀라는 나에게, 남편은 순수익이 발생하지 않으면 세금을 내지 않기 때문에 그럴 수도 있다고 말해주었다.

그래서 부자일수록 회계사와 변호사를 동원해서까지 절세를 한다. 회계사와 변호사에게 지불하는 비용보다 세금 줄이는 것이 훨씬 이득이 되기 때문에. 변호사 중에 세무관계를 전문으로 하는 변호사가 받는 시간당 비용이 제일 높다는 사실도 알게 되었다. 아무리 그래도 그런 일이 대자보 몇 장 붙어 있는 일로 끝나다니, 데모 많은 세상에서, 조그만 비리도 못 봐주는 세상에서 살다 온 나에게는 큰 회사가 세금을 한 푼도 내지 않았다는 사실보다 대자보 몇 장으로 아무 일 없이 지나가는 일이 더 놀라웠다.

한번은 저녁 무렵 집에서 챙 하는 소리가 나서 방에 들어가 보니, 유리창이 깨져 방에 유리조각이 흩어져 있었다. 바람이 심하게 부는 날 창을 열어둔 것이 잘못이었다. 깨진 유리창을 놔둔 채 밤을 지낼 수는 없었다. 서울서는 아파트 단지가 아니더라도 문만 나서면 온갖 가게가 있고, 웬만한 것은 밤늦은 시간이라도 다 해결할 수 있지만, 이 나라에서는 상가 아니면 동네에 가게가 없다. 그나마 생필품 가게 아니면 어디 가야 필요한 가게가 있는지조차 잘 모르는 경우가 많다.

이럴 때는 전화번호부가 최고다. 동네에서 가까운 곳부터 전화를 걸기 시작했다. 당장은 시간이 없어서 못 오겠다는 대답을 몇 군데서 듣고 보니 한심했다. 전화번호부를 계속 들여다보며 24시간 서비스한다는 데를 찾아보았다. 그러다가 재미있는 광고를 보게 되었다. 현금으로 지불하면 10퍼센트 할인해준다는 광고였다.

서양에서는 물건 값을 깎는 일이 없는 줄 알았다. 깎아달라고 조르면서 상인들과 승강이하는 건 동대문 시장이나 남대문 시장에서 있는 일인 줄로만 알았다. 그런데 이 나라에 처음 와서 가전제품을 살 때였다. 먼저 이민 온 친구가 우리를 안내하면서, 현금으로 지불할 테니 디스카운트하자고 말하라고 가르쳐주었다. 그 말대로 했더니 정말 할인해주었다. 현금으로 지불할 테니 디스카운트하자는 말은 그 이후에 어디서도 통했다. 처음에는 왜 그런지 이유를 모른 채, 이 나라에서도 가격을 깎지 않으면 바가지 쓸지 모른다고까지 생각했다. 서울서도 상인들의 공격적인 태도가 무서워 물건 값 깎을 엄두를 못 내던 우리가 이곳에서는 영어 연습 삼아 흥정을 했다.

또 한번은 잔디 깎는 기계가 고장이 나서 동네 수리점에 맡겼던 걸 찾으러 들어간 남편이 한참 동안 나오지 않았다. 왜 그렇게 시간이 걸렸냐고 했더니 비용을 너무 많이 청구해서 비싸다고 깎자고 했더니 안 된다고 하면서 어떤 부품을 갈았는지 일일이 설명해주더란다. 알았다고 하고 다 지불하면서, 그런데 때로는 아시아인은 잘 모를 것이라 생각하고 바가지 씌우는 일은 없냐고 물어보았단다. 그랬더니 그 주인이 솔직하게, 동양인에게는 조금 더 붙여서 가격을 부른다고 했다나. 그 이유는 홍콩 사람들이 이민 오면서부터 무엇이든지 깎아달라고 하는 바람에 아예 깎아줄 요량으로 그렇게 되었다고. 그 말을 들은 후에는 공연히 중국사람 때문에 뉴질랜드에도 바가지요금이 생긴 줄을 알았다.

살아가면서 점차 알게 된 것은 모든 유형무형의 거래에는 그것이 물건이든 서비스든 12.5퍼센트의 소비세가 붙는다는 것이었다. 현금으로 지불하면 깎아주는 이유는, 그 물건 판 것은 수표처럼 추적이 되지 않으니 신고 안 해도 되고(?) 그래서 소비세에 해당하는 10퍼센트 정도를 감해주어 소비자도 좋기 때문. 누이 좋고 매부 좋다는 말이 이런 경우에 해당될 거다.

남편이 그 수리점에서 현금으로 지불했는데도 깎아주지 않았는지는 잘 모르겠다. 그때는 이런 줄 몰랐으니 내가 물어보지 않았고 지금은 남편이 기억을 못 할 테고. 어쨌든 현금 지불이면 디스카운트해준다고 전화번호부에 버젓이 광고 낸 그 유리상은 세무서를 아주 무

시하고 있다가 혼나지 않았을까 걱정되었는데, 이 글을 쓰면서 아직
도 그렇게 광고를 하는지 전화번호부를 다시 찾아보니 안 보인다. 탈
세를 안 하기로 한 것인지, 세무서에 걸려 사업을 접은 건지 모를 일
이다.

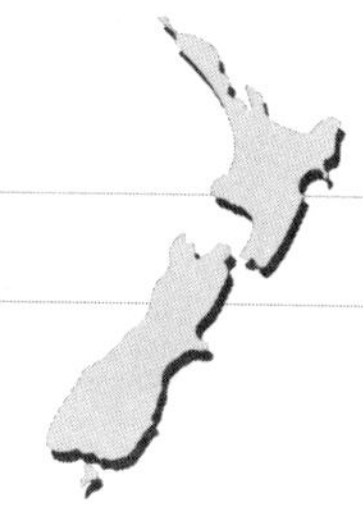



# 화장실과 개

집 근처 교회에서 운영하는 크리스천 북 센터가 있다. 그 책방에는 나보다 나이 많은 분들이 주로 일하고 있다. 그중 한 분은 내가 이곳에 온 지 얼마 안 되었을 때 자원봉사 했던 초등학교 성경공부 선생님이다. 내가 그 아주머니(할머니라고 하기에는 젊어 보인다)의 보조교사였다.

그분이 책방에서 한동안 안 보이더니 어느 날 다시 카운터에 나타났다. 나를 보고 반색하면서 자기가 한국에 가보았다고 했다. 어디를 갔었느냐는 나의 질문에 사실은 그동안 영국에 다녀왔는데 인천공항에서 비행기를 바꿔 타느라 몇 시간 머물렀다는 것이다. 그러면서 영종도 공항이 얼마나 인상적이었는지를 신나게 설명해주었다. 그 공항이 문을 열기 6개월 전에 서울에 갔다 와서 그 공항을 못 보았다는 나의 말에 아쉬워하면서.

그 규모와 유리벽에 대한 감탄에 이어, 그분이 가장 감동받은 시설이라고 말한 것은 사실 화장실이었다. 같이 가던 다른 아주머니가 화장실에 갔다 오더니 그분보고 화장실에 가보라고 하더란다. 화장실 벽에 있는 에티켓 버튼을 반드시 눌러보라는 말과 함께. 그래서 그대로 버튼을 눌렀더니 음악이 크게 흘러나오더라는 것이다. 일 보는 소리가 들리지 않게 하는 장치였다.

그분은 이야기하면서 웃고 나는 들으면서 웃었다. 그분이 마지막으로 붙이는 말이 자기 남편은 아직 영국에서 돌아오지 않았는데, 돌아올 때 영종도 공항에 들르면 꼭 화장실에 들어가서 그 버튼을 눌러보라고 자기가 했다는 것과 이 이야기를 내 남편에게도 반드시 해주라는 것이었다.

나는 뉴질랜드인을 즐겁게 만들어준 이 화장실 이야기를 남편뿐 아니라 그 뒤 영어 연수 온 조카에게도 했다. 조카는 남자 화장실엔 그런 버튼이 없다는 거였다. 그러고 보니 남자는 작은 일 보기 위해 문 닫고 들어갈 필요가 없구나 하고 새삼 깨달았다.

그 이야기를 들으면서 그분이 고속도로 휴게소의 화장실을 들어가보지 않아 다행이라고 생각했다. 지금으로부터 10년 전, 그전보다는 많이 나아졌어도 여전히 붐비고 깨끗할 틈이 없던 화장실이 생각났기 때문이다. 이곳 뉴질랜드는 공중 화장실이 무척 깨끗하다. 우리가 아직 공중 도덕심이 부족하다는 교훈을 들을 때마다 예화로 듣던 대로, 어디를 가든, 깊은 산속이나 또는 물이 별로 없는 곳이나 수세식 화장실이 아닐지라도 깨끗하다.

그런데 얼마 전부터 이곳에도 깨끗하지 않은 화장실이 눈에 띠기 시작했다. 사람이 몰려드는데 관리하는 손길이 미처 미치지 못한 시간에는 별로 들어가고 싶지 않은 화장실이 가끔 있다. 바닷가 같은 곳에 있는. 그러니까 우리도 공중도덕이 부족해서가 아니라 사람이 너무 많아서 아니면 그 많은 사람에 비해 화장실이 절대 부족해서 화장실이 깨끗하지 않은 것이고, 깨끗하게 유지하기가 상당히 어려울 거라는 생각이 든다.

이곳에 오기 전에 이곳을 다녀온 분이 말한 것이 생각난다. 뉴질랜드 사람은 얼마나 공중도덕을 잘 지키는지 바닷가에 개를 데리고 산책하다가 개가 실례를 하면 들고 간 비닐봉지에 그것을 싸가지고 간다고. 그래서 그런 줄 알았다. 그리고 내가 이민 오고 한두 해는 그랬던 것으로 기억한다. 그런데 차츰 그렇게 하는 사람들이 줄어들었고, 바닷가에서는 쉽게 개들이 실례하고 간 흔적들을 볼 수 있었다. 아침이나 저녁에 개 운동 시키러 나온 사람들의 손에 비닐봉지가 들려 있는 것을 볼 수 없었다. 그 후 바닷가마다 시에서 만든 경고판이 세워지기 시작했다. No dogs! 바닷가에 개를 데리고 나오지 말라는 것이다. 그러면 개를 어디서 운동시켜야 하나. 여전히 사람들은 경고판을 무시하고 개를 바닷가로 데리고 나왔다. 처벌 없이 도덕심에 호소하는 경고가 무시되는 것은 서울이나 여기나 마찬가지다.

그 사이 그 경고와는 직접 상관없지만 개의 오물 때문에 이웃끼리 싸움이 붙은 일이 저녁 뉴스 시간에 나왔다. 어떤 개가 어느 한 집 마당에만 가서 실례를 하기 때문에 화가 난 그 마당 주인이 그 오물들을 모아다 그 개 주인 집 마당에다 부었다는 것이다. 그리고는 시티 카운슬에 호소했다. 자기 집 마당에 그 개가 들어올 수 없도록 해달라고. 우리 집에 울타리가 없고 나무들만 울 대신 서 있기 때문에 이 일은 나도 가끔 당하는 바다.

어쨌거나 개 접근 금지 경고판이 몇 년 무시당하더니 그 경고판이 사라졌다. 대신 세워진 것은 긴 막대 위에 네모난 새장 같은 것이었다. 어느 날 개를 데리고 산책 나온 사람이 바닷가 입구에서 그 봉지를 꺼내는 것을 보면서 그 새장 같은 것이 개 오물 수거 비닐봉지함이라는 것을 알았다.

그러고 보니 비닐봉지 든 사람이 다시 눈에 띄기 시작했다. 한 가지 궁금한 것이 있었다. 그 비닐봉지는 누가 채워 넣나, 이런 것까지 시에서 사람 사서 시키나. 다시 며칠 후 바닷가에 나갔다가 궁금증이 풀렸다. 어떤 아주머니가 개를 데리고 나왔는데, 비닐봉지를 한 움큼 들고 나와 그 안에 채워 넣는 것이었다. 자기가 쓸 봉지 하나는 남기고.

내가 개를 키운다고 가정하고 바닷가에 갈 때마다 비닐봉지를 가져갈지 생각해보았다. 내가 아주 고지식한 사람이라도 가끔 잊어버리고 안 가지고 갈 때가 있을 거다. 그럴 경우 경고판은 나의 양심에 걸림돌은 되긴 해도 아무 소용이 없다. 비닐봉지를 넣어두는 통이 있으니 잊어버리고 바닷가에 나가도 그 통을 보는 순간 마음 편히 한 장 꺼내 들면 되고 또 기억날 때는 돈 드는 일도 아니니까 많이 들고 나가 넣어두고. 좋은 제도라는 것이 이런 거구나 싶었다. 사람을 못살게 구는 것이 아니라 사람들이 기분 좋게 자발적으로 움직이게 만들어 공동체 전체에 유익이 되는.

# 어디 핀들 꽃이 아니랴

조금 멀리 이사 가는 기분으로 뉴질랜드에 온 지 9년이 넘고 만 10년을 향해 간다. 거창하게 이민 간다는 생각보다는 그냥 환경을 바꿔서 한번 살아보면 어떨까 하는 바람이었다. 그래서 환송 나온 친지들이 슬퍼하는 것을 보며 조금 미안한 마음이 들었을 뿐 조국을 떠나 돌아올 수 없는 곳으로 가는 비장함이나 가슴 아픔이 없었다. 와서 보니 우리처럼 답사 한 번 안 오고, 이민설명회 한 번 안 가보고, 이민 대행 회사에 전화 한 번 안 해보고 이민 온 사람을 보기 힘들었다. 남들에게는 삶의 터전의 뿌리를 옮기는 심각한 일을 우리는 다른 지방으로 옮겨가는 정도로 쉽게 생각했다.

이곳에 와서 처음 놀란 일은 바닷가에 가도 갯냄새가 나지 않는다는 것이었다. 상큼한 바람 냄새만 있는 게 신기했다. 우리가 처음 도착한 곳은 바닷가를 따라 이루어진 도시로 집에서 차로 10분 안에 닿을 수 있는 크고 작은 비치가 열 곳이나 있었다. 우리는 바다구경 못 해본 사람처럼 뻔질나게 바닷가에 나가곤 했는데, 우리나라 바닷가에 서 맡던 비릿함이 없었다.

그러나 처음에는 느낄 수 없던 비릿한 바다 냄새를 살아가면서 조금씩 맡을 수 있었다. 더운 여름날 서너 번 정도였다. 그 사이에 내 코가 예민해진 건지 그동안 우리 동네 바다의 수질이 나빠졌기 때문인지 모르지만. 아니면 처음 이곳 바다를 볼 때의 신선한 감동이 사라져서인지도 모르겠다.

또 한 가지, 생각 외로 냄새를 거의 맡을 수 없는 것은 서양사람의 독특한 체취다. 난 서양사람은 모두 치즈 냄새와 이들이 좋아하는 여러 가지 향신료 냄새가 뒤섞인 속이 느글거리다 못해 구역질이 나게 하는 냄새를 풍기는 줄 알았다. 그런데 그런 냄새가 나는 사람은 지금까지 딱 한 사람 보았다. 가끔 슈퍼마켓 계산대에서 같은 줄에 서게 되어 마주치는 남자인데, 부스스한 머리에 수염이 한 자나 아무렇게나 자라 몇 살인지 구별할 수 없고 한낮에 신문 한 장이나 빵 한 봉지를 들고 서 있는 걸로 보아서는 가족 없이 혼자 사는 실업자 같다. 어쨌거나 어쩌다 그 사람이 내 앞이나 뒤에 서면 그런 냄새가 난다. 여기 사람들이 향수를 뿌리기 때문인지 그 외에는 그런 냄새 풍기는 사람을 보지 못했다. 이곳에 오기 전 나의 고정관념이 틀렸다고 할 수밖에.

또 하나 엉터리없는 생각이 깨진 것이 있다. 서양사람을 거의 영화 속에서만 보아왔기에 나는 서양사람은 다 영화에 나오는 사람처럼 잘

생긴 줄 알았다. 아니, 그런 생각을 의식적으로 한 것 같지는 않은데, 여기서는 잘생긴 사람을 남자든 여자든 거의 보지 못했다는 것을 어느 날 깨닫고는 내가 영화 속으로 살러 들어온 것이 아니라 여기도 평범한 사람들이 사는 곳이란 걸 새삼스레 느꼈다.

잘생긴 사람만 보기 드문 게 아니라 키가 큰 사람도 별로 많지 않아 한국 표준 키인 내가 별로 기죽지 않고 살 수 있고, 또 가끔 슈퍼마켓에서 계산을 마치고 '생큐' 대신 나도 모르게 '고마워요' 소리가 저절로 나오게 되는 것 같다.

지금도 계속하는지는 모르지만 1990년대 초반에 한겨레신문사에서 후원하고 〈아침이슬〉을 작곡한 김민기 씨가 총지휘한 '겨레의 노래' 잔치가 한양대에서 열린 적이 있다. 그때 새로 작사 작곡된 노래들이 처음 불렸는데, 그중 문부식이 작사한 〈어디 핀들 꽃이 아니랴〉라는 노래가 있었다. 감옥에 핀 꽃을 보면서 감옥 안에 핀들 꽃이 아니겠냐고 하는 노래였다. 여기서 살수록 느끼는 것은 '어디 간들 사람 사는 동네 아니랴'다. 사람 사는 동네는 다 같다는 생각이다.

처음 왔을 때 문화충격을 받지 않았느냐는 질문을 이곳 사람들로부터 가끔 받는다. 그럴 때 '글쎄, 별로 그렇지 않다'는 나의 말과 표정에 어떻게 그럴 수가 있느냐고 이곳 키위들은 의아해한다. 우리도 이제는 서구화되어 너희와 크게 다른 삶을 살지는 않았다라고 덧붙이지만 그 설명이 내 스스로에게도 충분치 않다. 사실은 사람 사는 데는 어디나 마찬가지라는 느낌을 짧은 영어로 길게 설명하기 힘들기 때문이다.

물론 이 뉴질랜드는 우리나라와 같지 않다. 분명히 동양문화는 서양문화와 다르고 서로의 관습과 전통도 엄연히 차이가 난다. 거창하게 문화까지 갈 것도 없이 당장 얼굴 모습, 피부색깔이 다른 사람들이 사는 나라다. 그런데도 내가 사람 사는 데는 다 똑같다고 느끼는 이 느낌을 어떻게 설명할 수 있을까. 사실 설명은 불가능하고 내가 그동안 살면서 보고 듣고 겪은 일들을 이야기하다 보면 아 그럴 수도 있겠다는 생각이 들지 모르겠다.

나도 처음 이곳에 오면서 북반구에서 남반구로 옮겨왔으니까 하늘을 거꾸로 이고 사는 만큼 당연히 모든 생활이 바뀔 줄 알았다. 속으로 은근히 나의 생각, 삶의 습관, 태도까지 바뀌지 않을까 기대했던 것도 같다. 봄·여름·가을·겨울의 순서는 마찬가지지만 북반구에 여름이 올 때 겨울이 되는 이 남반구에서는 팔자도 바뀌지 않겠냐고 누군가 농담하는 것을 들었던 기억도 난다.

남반구라서가 아니라 영국 영향을 받은 섬나라여서긴 하지만, 자동차가 왼쪽으로 다닌다든가 그래서 당연히 차의 핸들이 오른쪽에 있는 것은 오기 전에 알고 있었으니 할 말이 없다. 그러나 전기 스위치를 올리면 켜는 것이 아니라 내려야 켜지는 것은 몇 년이 지나도 익숙해지지 않아 전기 오븐 메인 스위치를 꺼놓고는 한참 만에야 밥이 되지 않은 것을 알아채는 일이 한두 번이 아니었다.

당연히 이렇게 겉보기에 거꾸로인 것들이 있다. 그러나 엄연히 다른 환경과 관습과 인종 속에서도 어디 간들 사람 사는 데는 똑같다고

느낄 수밖에 없는 것들, 그것은 사람들이 어울려 살아가면서 만들어
내는 이야기들이 아닌가 싶다.

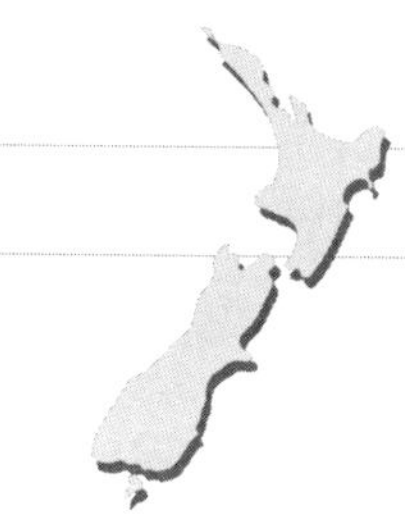



# 누가 뉴질랜드를
# 따뜻한 남쪽 나라라고 했나

아무도 나에게 뉴질랜드가 따뜻한 남쪽 나라라고 말해준 적이 없다. 그런데도 나는 속았다는 느낌을 받으면서 7~8년간 온돌을 그리워했다. 이곳 사람들이 가끔 묻는다. '이곳에 너만 왔냐, 네 가족도 있냐?' 이때 가족은 나의 친정이나 시댁 식구들을 뜻한다. 남편과 아이 말고는 이곳에 아무도 없다고 대답하면 고향이 그립겠구나 하는 반응을 보인다. 물론 나는 그렇다고 끄덕이지만 솔직히 그런 말 들을 때 말고 날마다 정말 절실하게 그리운 것은 따뜻함이었다.

사실 해가 나면 기가 막히게 따뜻하다. 온돌이 없더라도. 그래서 해만 나면 햇빛을 따라 이 방 저 방 옮겨 다니며 하루를 보낼 수 있어서 기분이 밝아지지만, 추적거리며 비라도 내려 하루 종일 구름을 머리에 잔뜩 이고 있는 날이면 '속았어' 소리가 나도 모르게 나온다. 굶는 것은 참아도 추운 것은 참기 힘든 나에게 뉴질랜드는 1년 열두 달 중에 열 달이 추운 나라다. 거의 1년 내내 에어메리 내복을 입고 살아야 하니 차라리 쨍하게 얼어붙는 추위가 낫다고 생각했다. 그러면 집에 난방이라도 할 텐데.

제일 추운 겨울에도 영하로 내려가지 않고 10년 가까이 살면서 0도가 되었던 날은 딱 하루, 4~5도 정도로 내려가는 날도 드물고 아침 기온이 적어도 8~9도는 되는 겨울 날씨를 너무 불평하는 것 같지만, 해가 안 나는 날 으슬으슬함은 맵싸한 우리나라 추위보다 마음을 더 시리게 만든다. 얼어 죽을 정도로 춥지는 않기 때문에 집 자체에 난방이 되어 있는 경우는 거의 없다. 기껏해야 거실에 벽난로든 탄난로든 난로가 하나 있을 뿐. 내가 북섬 오클랜드에 살기 때문에 그럴지 모른다. 그래도 남극에 더 가까운 남섬에 있는 집들은 대체로 난방 시설이 되어 있다고 하니까.

40년 된 우리 집도 거실에는 장작 벽난로가 있다. 그래서 분위기 좋아하는 남편은 겨울에 벽난로 땔 생각에 즐거워했다. 이 집에 이사 온 그 여름에. 못된 나는 벽난로까지 청소할 마음이 없으니까, 벽난로에 불을 지피면 벽난로 청소까지 할 생각을 하라고 못 박았다. 벽난로 있는 집에 살던 친구를 보니까 그 일이 예삿일이 아니다 싶었기 때문이다. 주변 벽까지 순식간에 그을음으로 까매지는 것을 보아왔기에. 그러나 청소 문제는 표면적인 이유였고, 사실 바로 벽난로 앞에 앉아서 불을 쬐어봤자 몸 앞면만 따뜻해질 뿐 등은 여전히 시리다는 데 속 이유가 있었다. 나무 살 돈이면 차라리 전기난로 켜고 있는 것이 훨씬 효율적이다 싶었다. 전기난로는 청소거리도 없고.

우리 집은 방마다 전기난로가 천장 바로 밑 한 벽에 붙어 있기는 하다. 난로라기보다는 전열선이 하나 있는 전열기라고 하는 게 더 정확한 표현이지만. 이 난로는 켜면 빨갛게 달아올라 불빛 때문에 잘 때 눈이 성가시다. 방 전체를 충분히 따뜻하게 하지도 못하고. 그래서 침대에 전기담요를 깔아놓고 자기도 하지만 어떤 때는 얼굴이 시리다. 우리나라 옛날 스팀 히터처럼 생긴 전기난로를 방에다 들여놓고 자면 공기는 따뜻해지지만 너무 건조하고 답답하다.

오늘은 어떤 난방 기구를 이용해야 할지, 전기난로를 켠다면 어느 정도의 강도로 켜야 할지, 전기담요를 켠다면 몇 도에 맞추어야 할지, 어떻게 하면 따뜻하면서도 쾌적하게 잘 수 있는지 의논하는 게 남편과 나의 잠자기 전 일과다.

난방 종류를 잘 선택하고 온도를 맞추려고 당연히 정확한 날씨 정보를 얻는 것이 나에게는 가장 중요한 일과가 되었다. 남편이나 아이는 뉴스 시간에 일기예보가 나오면 나를 부른다. 내가 가장 좋아하는 TV 프로그램이라고 놀리면서. 일기예보가 정확히 맞을 확률은 여기도 거기나 마찬가지다. 그래서 열심히 일기예보를 보고 잠자리 온도를 맞추어도 너무 덥거나 너무 추워서 온도를 다시 맞추려고 중간에 일어나는 일이 다반사다. 어쩌면 밤새 기온이 변하기 때문일 수도 있지만.

이곳 추위에 대한 투덜거림과 한국 아파트의 따뜻함을 그리워하는 것은 여전했다. 이곳에 와 5~6년이 지난 어느 겨울날까지. 집 안이나 집 밖이나 온도 변화가 거의 없는 집에 살다 보니 겨울에는 집에서도 당연히 두툼한 스웨터를 입고 지냈는데, 아는 이웃집에 놀러갔다가 찜통에 들어간 것처럼 숨 막히는 경험을 했다. 그 집에는 이 나라에서는 보기 드물게 중앙난방 시스템이 있어서 온 집 안에 히터를 켜놓고는 열효율을 높이려고 창문도 꼭 닫아두었던 것이다. 겨울옷 차림으로 그 집에 간 나는 추위를 못 참아하고 따뜻함을 그리워했던 것이 언제나 싶게 환기 안 되는 상태의 훈훈함이 갑갑하게 느껴지고 차라리 서늘한 것이 낫지 싶은 생각이 들었다. 아, 내가 그 사이에 변했구나, 나도 모르게 이곳 날씨에 몸이 적응했나. 그 뒤부터 날씨에 대한 불평을 덜 한다. 그래도 아주 안 한다고는 말할 수 없다. 원래 날씨란 여기나 저기나 변덕스러운 거니까.

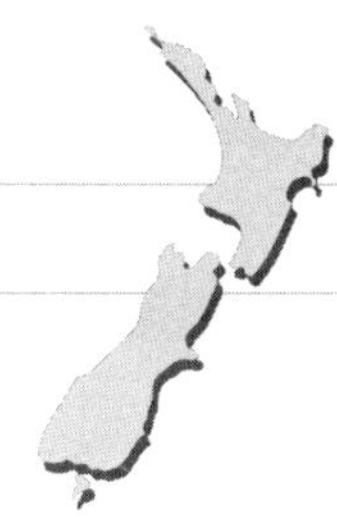

# 뉴질랜드를 어떻게 생각하십니까?

외국의 저명인사들이 오면 공항에 나간 기자가 공식처럼 묻는 말이 있었다. "한국을 어떻게 생각하십니까?" 떠날 때도 묻는다. "한국을 어떻게 느끼셨습니까?" 그가 유명한 가수이건 배우이건 스포츠맨이건 정치인이건 상관없다. 이 말을 물어보고, '원더풀'이라는 대답을 들어야 직성이 풀리던 시절이 우리에게 있었다.

큰 나라에 가면 남이 자기 나라를 어떻게 생각하든 상관 안 하고 당연히 어떻게 생각하느냐 묻지도 않는다고 누군가 이야기할 때 맞는 말이라고 나도 고개를 끄덕였었다. 다른 나라에 가보지도 않은 주제에.

뉴질랜드 기자들도 외국에서 온 사람들에게 똑같은 질문을 하는 걸 보고 놀랐다. 조금이라도 뉴스거리가 될 만한 사람이 오면 텔레비전 뉴스 기자가 공항에 나가 물어본다. 뉴질랜드에 대해 어떻게 생각하느냐고. 판타지 소설을 좋아하는 사람들에게는 경전과도 같은 톨킨의 〈반지의 제왕(Lord of the Rings)〉을 2년 전 뉴질랜드 북섬에서 촬영했다. 그때 촬영 중간에 배우들이 수도 웰링턴에 나들이했을 때도 이 질문은 빠질 수 없었다. 물론 대답은 뉴질랜드가 환상적(fantastic)이라는 것이었다.

얼마 전 테니스 대회에 안나 코니코바라는 여자 선수가 왔었다. 작년에 세계 8위까지 올라갔던 것이 최고의 성적이고 지금은 부상으로 몇 달 연습을 못 해 70~80위로 떨어진 선수인데, 늘씬하고 금발이라서 세계 순위에 상관없이 남자들에게 인기가 좋아 광고 수입이 만만치 않다고 한다.

이 선수가 도착하는 날 당연히 스포츠 기자가 공항에 나갔고 뉴질랜드를 어떻게 생각하느냐고 물었다. 글쎄 아직 잘 모르겠다고 대답하자, 조나 로무를 아냐고 물었다. 그는 거의 뉴질랜드 전 국민이 열광하는 럭비 경기에서 최고의 선수로 꼽히고, 그를 모르면 우리 식으로 말하면 간첩이다.

이 질문에 안나는 그가 누구냐고 되물었다. 그러자 기자는 다시 올 블랙을 아냐고 물었다. 올 블랙은 럭비 국가대표팀 이름으로 이름 그대로 항상 새까만 유니폼을 입는다. 뉴질랜드의 럭비 선수는 이 팀에 들어가는 게 최고의 꿈이다. 이 팀이 호주나 남아프리카 팀에 지는 날이면 한 명 정도는 심장마비로 생명을 잃고, 스포츠 심리학자는 충격받고 실의에 빠진 사람들을 무료 상담해준다는 광고가 나올 정도다.

그런데 안나는 감히 그게 뭐냐고 또 되물었다. 머쓱해진 기자는 이 선수가 뉴질랜드에 관해 공부를 많이 하진 않은 것 같지만 어쨌든 좋은 경기를 기대한다고 마무리했다. 그 선수가 첫 경기에서 이 기자 코트 옆에서 즉석 인터뷰가 있었다. 또 오클랜드가 어떠냐고 물었다. 이번에는 이 선수가 그동안 며칠 시내도 구경하고 해변에도 가보았는데 좋다고 대답하자 모두들 흐뭇해했다.

사람만 알아주기를 바라는 게 아닌가 싶다. 나라도 이 세계 속에서 자기 존재를 알리고 싶어 한다. 초등학교 지리 시간에 배운 뉴질랜드는 양을 키우는 목초지가 너른 평화로운 나라였다. 생각보다 남극에 가까이 위치한 조그만 이 섬나라가(우리나라보다는 면적이 넓지만 인구 면에서는 10분의 1도 안 되니까 작은 나라라고 치자) 세계에서 일어난 모든 전쟁에 참여해왔으리라고는 상상도 못했다.

그러나 실제로 1·2차 세계대전뿐 아니라 한국전쟁, 베트남전에도 참여했고, 최근 몇 년간 일어난 걸프전, 코소보 사태, 인도네시아 정부와 갈등을 일으키는 티모르 사태 등, 세계평화를 위해 뉴질랜드가 참여하지 않은 적이 없다. 비록 군대가 아니라 군의관만 파송하는 한이 있더라도.

그런데 세상에서 그것을 알아주지 않으면 사람뿐 아니라 나라도 서운해한다. 1995년에 2차 세계대전 종전(그리고 승전) 50주년 희년 축하가 유럽에서 성대하게 열렸다. 뉴질랜드에서 유명한 뉴스 토크 쇼 진행자인 폴 홈스가 런던에 특별 파견되었다.

그가 런던 거리의 인파 가운데 서서 그 분위기를 전하다가 지나가는 사람을 붙잡고 물었다. "뉴질랜드가 2차 세계대전에 참여한 것을 아시나요?" 20대로 보였던 그 여자는 어깨를 으쓱하면서 "뉴질랜드가 참전했었나요?" 하고 되물었다. 좀 더 나이든 사람을 붙잡고 물어보았더라면 혹시 알 수 있지 않았을까. 그랬으면 시청자들을 실망시키지 않았을 수도 있었을 텐데.

# 한번 뉴질랜드인이면 영원한 뉴질랜드인

암울한 대학 시절, 우리는 해외여행은 꿈도 못 꾸었다. 1학년 때부터 청운의 꿈을 안고 해외유학을 가겠다고 이를 악물고 영어 공부하고 또 공부 잘해서 간신히 장학금이라도 타야만 나라 밖으로 나가볼 수 있었다. 두 사람 중 한 사람이 외국에 다녀왔다는 2000년도의 통계 숫자를 그 당시에는 상상조차 할 수 없었다.

유학생 말고는 외국에 나가는 일이 그리 떳떳치 못한 경우가 더 많았다. 권력층과 연관이 있어서 소위 복수 여권을 가지고 있다든가 아니면 해외로 재산을 빼돌리는 식으로. 그래서 그런지 미국 영주권 내지는 시민권이 있다고 하면 별로 곱게 보이질 않았다. 더구나 북한과 대치하고 있음을 끊임없이 상기시키는 정부에 의하여 우리는 항상 준전시 상태임을 알고 있어야 했기 때문에, 정부의 말대로 여차하면 일어날 수도 있는 전쟁에서 안전하게 피할 기회를 가지고 있는 미국 영주권자들이 예뻐 보일 수 없었다.

그런 느낌이 외국에 나가 있는 사람들에 대해 호의적인 국민정서를 만들어낼 리 만무했다. 미국 시민권이었는지 영주권이었는지는 기억이 잘 나질 않지만 10년 전쯤 연세대 총장으로 뽑히신 분이 그 둘 중 하나를 가진 분이어서 총장이 되려면 그 권리를 포기해야 한다는 시비가 붙었었다. 그 결과가 어찌 되었는지 잘 기억나지 않지만, 어쨌거나 그분이 장관이 될 때 다시 문제가 되었다고 들었다.

나는 일개 시민으로 살다가 전세 뺀 돈 2,000만 원만 들고 용감하게 자기 나라 아닌 나라에서 살겠다고 이민 왔는데도 외국에 사는 일이 그리 떳떳하게 느껴지지 않았던 것은 이런 국민정서 때문이라고 혼자 중얼거린다. 그러나 지금도 그런 분위기인지는 모르겠다.

한번은 일레인 할머니와 차를 마시다가 할머니 아들네 이야기가 나왔다. 그 아들은 언젠가 만났을 때 의사가 돈 벌 생각으로 의사를 하는 것은 말도 안 된다고 해서 나를 감동시킨 30대 의사인데, 박사과정을 하느라고 몇 년 전부터 호주에 가 있다. 그 아들이 학위를 마쳤다는 이야기를 듣고 이제 돌아오겠네요 하는 내 말에 할머니는 당분간 거기서 일할 것 같다고, 여기서는 그 아들이 공부한 것을 써먹을 자리가 많지 않기 때문이라고 말씀하셨다.

아들이 돌아오기를 바라지 않느냐는 내 말에 할머니는 아들이 돌아오면 좋지만 이 나라는 젊은이들을 꼭 이 나라에 붙들어 매두어야 한다고 생각하지 않는다고, 그러면서 피터 블레이크 경의 예를 들었다.

블레이크 경은 소위 바다의 왕자였다. 우리나라에서는 낯선 요트 조종을 세계에서 제일 잘하는 사람이었다. 요트를 잘 몰 뿐 아니라 사람들을 잘 엮고 지도력이 있어서 아메리카 컵 대회라는 100년 이상의 역사를 가진, 또 그 역사 속에서 미국 말고 다른 나라가 우승한 적이 한 번밖에 없었던 미국 요트 대회에서 뉴질랜드가 최근 연속 2회 우승을 하게 만든 당사자다.

5년 전 우승하여 그 컵을 가지고 뉴질랜드로 돌아오는 날 온 국민이 열광했고, 환영행사에 참석하도록 학교 수업을 하지 않은 학교도 많았다.

그런데 그가 작년에 브라질에서 피살당했다. 브라질의 열대림이 훼손되면서 생기는 생태계 파괴에 대한 연구조사를 위해 강을 따라 배를 몰고 다니다가 해적의 습격으로 변을 당했다. 50대의 많지 않은 나이에 아까운 목숨을 잃은 그는 에베레스트 산을 최초로 정복한 힐러리 경과 함께 이 나라의 국민영웅이었다.

그는 힐러리 경과 마찬가지로 젊어서부터 영국에 가서 살았다. 그의 부인은 영국사람이다. 그래서 일레인 할머니 말이 그의 장례식도 그가 살던 영국에서 치러지고 장지도 영국이라고 했다.

그가 뉴질랜드인이고 또 뉴질랜드 사람들이 사랑하는 국민영웅이기에 뉴질랜드 사람들은 그가 뉴질랜드에 묻히기를 바랐지만 그의 부인이 영국사람이고 아이들도 다 영국에 있고, 또 그가 20년 넘게 영국에서 살았으니 아쉽지만 그가 영국에 묻히는 것을 인정한다는 것이다. 그리고 그것이 바로 뉴질랜드 사람들이 자손에 대해 생각하는 방식이라고.

이건 일레인 할머니 혼자만의 생각이 아니다. 해마다 연초에 이 나라에서는 여왕으로부터(뉴질랜드는 공화국이 아니라 왕국으로 영국의 엘리자베스 여왕이 이 나라 여왕이다. 물론 뉴질랜드는 독립국가로, 이렇게 말하면 여왕에게 실례가 되겠지만, 여왕만 공유한다) 작위를 받는 사람들 명단이 발표된다. 우리로 치면 훈장이지만 여왕에게서 작위를 받으면(물론 뉴질랜드에서 추천하여 뉴질랜드 총독이 뉴질랜드에서 작위 수여식을 집행하지만) 힐러리 경, 블레이크 경 하는 식으로 이름에 붙이는 존칭이 달라진다.

올해도 예외는 아니었다. 단지 작년부터는 영국에서 주는 것이 아니라 뉴질랜드 정부에서 직접 주는 것으로 이제는 더 이상 작위가 아니라 Companion of New Zealand라는 뉴질랜드 자체의 훈장이 되었지만.

올해 발표된 인물 중에도 역시 이 나라에 살고 있지 않은 사람들이 있었다. 올림픽에서 메달을 딴 육상선수로 30년째 미국에서 살고 있는 사람이 그 안에 포함되어 있다. 외국에서 수십 년 살고 있어도 한번 뉴질랜드인이면 영원한 뉴질랜드인이기 때문이다.

# II 딸 이야기

# 담임 선생님 면담 시간

하루는 아이가, 담임 선생님 면담 시간을 언제로 하면 좋을지 적어 보내라는 통신문을 가지고 왔다. 그날은 특별히 오전 수업만 하고 담임과 부모가 면담을 하니까 아이들을 일찍 데리고 갈 것, 만일 여의치 않으면 학교에서 정상적인 하교시간 3시까지 아이들을 데리고 있을 수도 있으니 원하는 부모는 그 여부를 체크해서 보내라는 추가사항과 함께였다. 적당한 오후 시간을 적어 보내고는 고민이 시작되었다. 그냥 몸만 가면 되는가. 이때는 뉴질랜드에 와서 몇 달 되지 않았을 때였다.

한국에서 나는 부적응 학부모였다. 어떻게 학부모 노릇을 할 건지에 대해 매일같이 남편에게 하소연하곤 했다. 남들 다 한다고 그대로 하지는 못하겠고 아이가 학교 가기 싫어하고 늘 겉도는 것은 마음 아프고.

초등학교 1학년 때는 아직 아이들 청소시키기는 어려우니까 시간이 있는 부모들이 와서 일주일에 한 번 청소해주면 좋겠다는 통신문을 받고 자원했다. 한 학기 내내 일주일에 한 번 가서 열심히 청소했다. 여름방학이 가까워오면서 나는 나름대로 궁리를 했다. 학기가 끝나는 것은 일단 책을 뗀 셈이니까 남들처럼 봉투 줄 용기는 없고 옛날에 책 거리를 하듯 책거리 떡을 선생님께 드리자고. 그래서 마지막 청소하는 날 부지런히 신촌 이대 앞의 유명한 떡집(지금도 유명한지 모르지만) 호원당에 가서 떡을 한 상자 샀다. 내 나름으로는 큰 배짱을 가지고 큰 상자 가득 샀다. 선생님과 청소한 엄마들까지 같이 먹을 수 있게, 또 교무실 선생님들끼리도 나눌 수 있게.

책거리 떡이라고 하면서 상자를 건네는데 선생님이 나누어 먹을 생 각을 안 하고 책상 속으로 넣는다. 그 순간 나는 이게 아닌데 하고 생 각하면서도 차마 함께 나누어 먹으려고 가지고 온 거라고 말하지 못 했다. 소심한 성격 때문에. 7월 더운 여름날 따끈한 떡이 상자에서 쉬 지나 않았는지 지금도 생각하면 한숨이 나온다.

아이가 2학년이 되었다. 선생님에게 봉투를 주냐 마냐 하던 고민이 다시 시작되었다. 남편은 한 반에서 한두 명 준다면 뇌물이지만 모두 줄 때 안 주는 한두 명은 학비 안 내는 것이나 마찬가지니 그 정도로 생각하고 너무 고민하지 말라고 조언했다. 정말 아파트 앞뒤 동을 통 틀어 이런 학부모는 나밖에 없었다.

다른 엄마들이 다들 진지하게 우리 아이를 염려하며 충고했다. 아이 의 소원은 그때 칠판지우개를 밖에 나가서 털어오는 일이었다. 학년

초에 학부모 면담 날이 정해졌다. 시간은 아무 때나 가면 되었다. 교실에 가니 누군가 엄마가 나오고 연달아 내가 들어갔다. 옆집 엄마에게 배운 대로 했다. 도대체 어떻게 봉투를 건네주냐고 걱정하는 나에게 그 엄마 하는 말, 그냥 내밀면 선생님이 다 알아서 하니까 내밀기만 하라는 거였다.

그 엄마 말대로였다. 선생님은 아무렇지도 않게 자연스럽게 봉투를 서랍에 집어넣었다. 그리고 우리 아이가 무엇을 하고 싶어 하는지 물었다. 나는 당황하여 아이가 칠판지우개를 털고 싶어 한다고 말했다. 선생님은 알았다고 했고 그리고는 더 이상 할 말이 없었다. 1~2분도 안 되어 집에 돌아오면서 이건 완전 코미디다, 그런데 더 이상은 못 하겠다는 생각이 들었다. 우리 아이는 그다음 일주일간 지우개를 털며 분필가루를 마시면서 행복해했다. 적어도 학기 초와 말 이렇게 1년에 네 번, 부지런하면 달마다 학교에 가야 한다는 이야기를 들었지만 나의 학부모 노릇은 그것으로 끝났다.

3학년 1학기가 끝나기 전에 우리는 뉴질랜드로 왔다. 면담할 때 여기서는 도대체 어떻게 해야 하나, 그냥 가면 되나 꽃이라도 사들고 가야 하나 생각만 하다 그냥 갔다. 선생님은 미리 약속된 순서대로 아이들에 관한 자료를 챙겨놓았다. 아이가 쓴 글과 그림 등을 보여주고 교실 벽에 붙은 것이 있으면 그것도 보여주고(거의 모든 아이의 것이 붙어 있다). 그러니까 면담 시간은 선생님이 아이가 학교에서 어떻게 생활하고 있는지 부모에게 말해주고 아이에 관해 이야기를 나누는 시간이었다.

중학교에 들어가서 첫 면담하는 날 나는 초등학교에서처럼 열심히 교실을 찾아갔다(한국의 학교처럼 몇 층짜리 커다란 건물이 아니라 단층의 작은 건물들이 여기저기 흩어져 있어서 교실 배치도를 봐야 교실을 찾을 수 있다). 아무도 없었다. 이게 웬일인가, 옆 반을 들여다보아도 아무도 없다. 아이가 가져온 면담에 대한 통신문을 다시 들여다보았다. 장소가 강당으로 되어 있었다. 초등학교 때 경험했다고 장소에 대한 설명은 읽지 않아 헛다리품만 팔았구나, 속으로 중얼거리며 강당으로 갔다.

커다란 홀을 빙 둘러 선생님들이 책상 위에 이름과 반 표시를 하고 앉아 있고 중앙에는 순서를 기다리는 부모들로 약간 복잡했다. 나도 아이의 담임 선생님을 찾아서 그 근처에서 기다리는 다른 부모들 옆에 앉아 순서를 기다렸다. 아이의 학습결과 자료를 과목별로 설명해 주고 공부에서 걱정할 일은 없다고 선생님이 말하면서 물어보고 싶은 것은 없냐고 했다. 학교생활은 어떠냐는 나의 물음에 친구들이 주변에 늘 모여 있고 학교생활을 열심히 한다고 염려할 일이 없다고 했다. 그러면서 덧붙이는 말, 사실 부모 면담할 필요가 없는 아이들의 부모는 면담하러 오는데, 말썽을 부리는 아이의 부모는 꼭 면담하러 오라고 부탁해도 안 온다고.

고등학교에서도 학부모 면담이 있다. 다른 점은 아이가 선택한 과목 중 어느 하나를 담임 선생님이 가르치지 않는 한 담임 선생님을 만날 일은 없다는 것이다. 학기 중간에 면담하는 날이 정해지면 방과 후부터 밤 9시까지 학부모가 편리한 시간을 과목별로 적어주면 아이가 선생님의 사인을 받아온다. 5분 내지 10분 간격으로 약속 시간에 맞추어 선생님을 찾아다니며 면담한다. 과목별로 선생님들이 한 방에 서너 명씩 둘러앉아 있는 것은 중학교 강당을 축소해놓은 셈이다. 미리 받은 중간 성적표를 가지고 가서 선생님이 보여주는 자료를 함께 보면서 아이에 관해 이야기하는 것도 중학교와 마찬가지다.

돈봉투는 필요 없다. 주어도 받지 않고, 이상한 눈으로 쳐다본다. 대화 내용은 아이에 대한 정보를 교환하는 것이다. 선생님은 학교 안에서의 아이만 알고, 부모들은 집에서 보는 아이만 안다. 그 둘 사이에 소통이 필요하다. 그 소통을 하는 시간이다. 특히 학부모의 요구사항을 교사들이 듣는 데 주안점이 있다.

'학부모의 밤'은 학교 교육에서 아주 중요한 일이라 현지인 부모들은 모두 참석한다. 자기 아이에 대해 선생님과 이야기할 수 있다는 사실에 약간의 즐거움도 느끼면서. 그런데 대부분의 한국 부모들은 참석하지 않는다. 영어 때문이다.

영어로 선생님과 이야기하는 것 자체도 꺼리고 싫지만, 영어를 못하는 부모를 둔 사실을 선생님이 알면 자녀가 손해 보지 않을까 하는 우려가 더 크다. 이런 걱정은 잘못된 것이다. 한국 학생들이 많은 학교에는 통역을 해줄 사람을 학교 측에서 준비해두기도 하고, 자신이 영어 잘하는 사람을 데리고 가도 된다. 그리고 부모가 영어 못한다고 얕보거나 무시하지 않는다. 아이에게 불이익을 주는 일은 더더욱 없다.

혹시라도 자의식 강한 부모가 '제가 영어를 못해서……'라고 부끄러움을 표하면 '제 한국어보다는 나은데요'라고 대답해주는 선생도 있다. 한국 부모가 영어를 못하는 것을 교사들은 당연하게 생각한다. 아이들이 영어를 못하는 것도 이해한다. 그런 아이들이 영어를 잘하고, 영어로 수업을 따라가게 해주는 것이 자기들의 일이라고 생각을 하기 때문에, 아이들이 영어를 못하는 것은 해결해야 할 과제이지 귀찮은 골칫거리가 아니다. 학교란 기본적으로 아이들을 가르치는 곳이다. 영어든, 과학이든.

제일 나쁜 것은 부모가 가지 않는 것이다. 한국인 학부모가 나타나지 않았을 때 '아, 이 아시안 부모가 영어를 못해서 부끄러워서 안 왔나 보구나'라고 생각해주는 교사는 아무도 없다. 아시안을 무시해서 그러는 것이 아니라 자기들 상상 범위 밖에 있기 때문이다.

그들의 경험을 바탕으로 내리는 판단은 '학부모의 밤에 오지 않는 부모들은 아이의 교육에 관심이 없는 사람들'이다. 현지인들은 그러니까. 아시안 부모들이라고 특히 다른 이유를 가졌으리라고 상상이 되지 않는다.


아이가 Form 4 때 담임 선생님은 지리 선생님이었다. 환갑이 다 된 분인데, 학급 사진 찍을 때 반바지에 무릎까지 오는 양말을 신었듯이 편안한 느낌을 주었다. 그분은 우리 아이에 대해 이렇게 말했다.

"전형적인 10대입니다. 매사에 비판적이에요. 과목 시간 외에도 선생님과 이야기를 잘합니다. 공부를 조금 더 하면 좋겠는데, 딱 필요한 최소한만 해요. 그러나 걱정은 안 됩니다. 알아서 계속 잘할 것이에요."

나는 어떻게 그렇게 우리 아이에 대해 잘 아냐고 감탄했다. 그분이 다시 말했다. "내가 당신 아이를 아주 잘 압니다"라고.

나는 그 말에 감동했다. '내가 당신 아이에 대해 잘 안다'고 자신 있게 말하는 선생님을 만난 게 우리 아이에게뿐 아니라 나에게도 축복이라는 생각이 들었다. 그날 선생님과 아이에 대해 이런저런 이야기를 하며, 사실은 둘이서 아이 흉을 보면서, 10대들의 심리를 이야기하면서 즐거웠다.

이곳에 온 이후로 학기 초가 되면 언제 면담하는 날이냐고 챙기는 나를 보고, 남편과 아이는 선생님과의 면담이 나의 취미생활이라고 놀린다. 뒤를 생각하지 않고, 생각할 필요도 없이, 선생님과 아이에 대해 이런저런 이야기를 하고 아이가 잘 한다는 칭찬을 듣는 일이 어느 부모인들 즐겁지 않으랴.

　이곳 선생님에 대하여 즐거운 기억만 있느냐 하면 그렇지 않다. 이곳에 온 지 두 해가 지나 아이가 초등학교 마지막 학년이 되었다. 담임 선생님은 미술이 전공이었다.

　뉴질랜드에는 교과서가 없다. 그것이 이곳에서 아이를 학교에 보내 놓고 처음 놀라는 일이다. 노트 몇 권과 연필 한두 자루만 들고 다니면 된다(고등학교도 마찬가지다. 학교 나름으로 학습 자료를 만들어 학생들이 구입하게 하지만 우리 개념의 교과서는 없다). 학교 다닐 때 가장 중요한 것은 책보다는 먹을 것이다. 1시에 먹는 점심 말고도 10시 반에 모닝 티라고 우리 식으로 하면 간식 시간이 있다. 먹을 것만 확실하게 챙겨주면 교과서 빠뜨리고 갔는지 준비물 잊어버리고 갔는지 걱정하지 않아도 된다. 학교에서 다 주니까, 아니 주는 게 아니라 학교에 다 있어서 사용하고 그 자리에 놓고 오면 된다. 크레파스까지도.

교과서가 없으니 배우는 것도 다 똑같지 않다. 특히 초등학교에서는, 기본적으로 배울 것을 배우지만 선생님의 취향에 따라 하루를 어떻게 보내느냐는 각각이다. 이 선생님 반에서는 하루도 미술 없이 지나가는 날이 없었다.

그 학교에서는 아이들에게 1년 내내 무엇인가 명분을 만들어 손바닥 크기의 상장을 주었다. 그것을 다섯 장 모으면 골드 서티피컷(Gold Certificate)이라는, 보통 상장보다 약간 큰 황금빛 상장을 받을 수 있었다. 공부 잘한다고 상장을 주는 것이 아니라 거의 골고루 1년 내내 아이들에게 나누어주는 셈이다. 물론 공부 잘하고 선생님 말 잘 듣는 아이들이 먼저 받지만 1년이 지나도 그 금색 상장을 받지 못하는 아이는 한 반에서 한두 명 있을까 말까, 정말로 어쩔 수 없이 막무가내로 선생님을 괴롭히지 않는 한 누구나 다 받는 종이였다.

그걸 우리 아이가 그해에 받지 못했다. 학년이 다 끝나가는데, 자기는 아직 다섯 장을 못 모았다고 한탄하는 아이를 보면서 속이 상했지만 아직 몇 주 남았으니 한 장만 더 받으면 되지 않냐고 위로했는데(한 주에 한 번씩 나누어주며, 한 번에 한 아이에게만 주는 것은 아니다), 끝내 그 한 장을 더 받지 못해 황금 종이와 바꾸지 못했다.

그해에 그 반에서 그 황금종이를 두 장 받고도 그냥 상장을 몇 장 더 받은 아이가 있었다. 그 아이도 한국 아이였는데, 미대 나온 엄마를 닮아서인지 미술을 잘했다. 거기까지는 인정해줄 수 있는데, 학부모들이 만났을 때 그 엄마가 미안해하면서 설명하는 말이 그 아이가 담임 선생님에게 미술 과외를 한다는 거였다. 면담시간에 과외 활동 하는 것 없냐고 해서 동네 아트센터에 다닌다고 하니까 자기에게 과외하지 않겠냐고 해서 아트센터 등록비의 몇 배나 주면서 할 수 없이 시킨다고 했다. 그만두고 싶어도 차마 그러지 못하고 있다고 했다. 그 말을 들으니 열이 났다. 학년 마지막 주에는 학교에 가서 짧은 영어로라도 왜 우리 아이에게 상장을 안 주는지 따질 뻔했다.

한국에서도 아이가 불공평하게 느끼는 것을 알아듣게 설명하느라고 애썼었는데, 여기서도 그런 이야기를 다시 설명하기가 구차했다. 몇 년 지나 우연히 그때 일을 아이와 이야기했다. 내 마음이 그랬었다는 것을 듣고 아이가 말했다.

"엄마가 안 그러길 잘했어. 내가 선생님께 따졌거든, 왜 걔만 자꾸 주냐고."

"그랬니? 그랬더니 선생님이 뭐라고 했는데?"

"잘하니까 주는 거라는데 무슨 말을 하겠어, 그렇지만 아이들은 다 알거든, 그래서 아이들이 걔를 별로 좋아하지 않았어, Teacher's pet이라고."

그 이야기를 듣고는 그 아이가 안되었다는 생각이 들었다. 정당하지 않게 편애하는 것을 아이들은 다 알고 있었고 그래서 아이들이 그 아이를 좋아하지 않았다면 그 아이에게도 좋은 일이 결코 아니니까. 그리고 내 아이가 선생님에게 그렇게 말했다는 것이 놀라웠다. 한국에서는 학교에서 하도 말이 없어 집안에 문제 있는 아이 같다는 말을 들었는데, 자기가 부당하다고 느낀 것을 선생님께 말했다니. 그런 말을 해서 끝까지 한 장 더 못 받았는지 모르지만, 아이가 그런 말을 물어볼 수도 없는 분위기를 만들지는 않았다는 사실만으로도 어쩌면 그 선생님에게 고마워해야 할 일일지 모른다.

사족으로 우리 아이는 다음해 중학교에서 판화를 잘 만들고 찍어서, 미술 선생님이 그것을 오클랜드 시 전역에서 뽑힌 중학생 작품을 전시하는 행사에 보냈다. 덕분에 우리나라의 세종문화회관 같은 아오테아 센터에 걸린 아이의 작품을 보려고 남편과 나는 자랑스레 관람을 갔다. 나중에 그 작품을 학교 기금을 만들기 위한 학교 전시회에서 음악 선생님이 사는 바람에 우리 방에는 다른 판본이 걸려 있다. 아이는 상관 안했는데 나 혼자 모성을 발휘하며 상처받았던 마음에 그 일은 조금 위로가 되었다.

# 살아가는 데 필요한 기술

또 한번은 아이가 학교에서 받아온 종이 한 장을 내밀었다. 한국으로 치면 중 3에 해당되는 이곳의 form 4학년 초였다. '학생을 한 개인(individual)으로 여기고 가르치기'라는 아주 낯선 제목이었다. 우리 아이가 속한 학년 부모에게 보내는 편지글이 먼저 있었다. 학교가 계속 성장하고 있지만(뉴질랜드의 학제는 한국과 완전히 달라서 고등학교가 다섯 학년이다. 이 학교의 학생 수는 2,000명이 넘는데 한국에서는 보통 규모의 학교지만 뉴질랜드에서는 두 번째로 크다) 학생들이 한 개인으로서 받아 마땅한 보살핌과 관심을 받도록 보장하고 싶다는 것이 그 편지가 말하는 내용이었다.

아이들을 한 개인으로 가르치겠다는 말이 눈에 설었다. 들어본 적이 없는 말이었다. 우린 늘 집단 교육만 받아왔는데, 나라와 민족 앞에 개인은 아무것도 아니고 개인을 내세우는 것은 이기주의와 동의어였는데. 나는 계속 읽어 내려갔다.

‘목표 설정 프로그램’을 만들어 아이들에게 목표를 세우고 그것에 맞게 계획을 세워서 학기말에 한 번씩 체크하게 할 것이니, 부모에게 아이가 선택한 목표가 무엇인지 알아보고 함께 의논하고 그 목표를 이루도록 도와주라는 것이 학교에서 부탁하는 내용이었다. 이 내용을 읽을 때만 해도 나는 학습목표를 세우라는 말인가 보다 하며 대수롭지 않게 생각했다.

덧붙여 써놓은 말이 있었다. ‘개인적인 기술과 자질/관계를 맺는 기술과 자질(personal/relationship skills and qualities)’을 강조하고 싶은데, 그런 것들이 나중에 아이가 삶을 성공적으로 이끌어나가는 데 큰 역할을 한다는 것이다. 그런 기술과 자질을 갖춘 행동을 하도록 부모들도 아이들을 격려해달라는 말을 끝으로, 구체적으로 그 기술과 자질이 무엇인지 목록을 쭉 적어놓았다.

그 목록을 나는 열 번도 더 읽었다. 그런 말은 내가 교육받은 16년 동안 들어본 적이 없었다. 그리고 그런 것이 ‘개인적인 기술’인 줄 꿈에도 몰랐다. 그걸 그대로 옮겨본다.

지도자가 되어도 따라가는 자가 되어도 편안할 줄 안다
필요하다면 위기상황에 기꺼이 처할 줄 안다
좌절과 실패에 대처할 줄 안다
정확한 자기 이미지를 갖는다
스스로 동기부여를 할 줄 안다

호기심을 보여준다

과제에 충실하고 포기하지 않는다

필요하면 도움을 청할 줄 안다

다른 사람의 반응을 받아들이고 그것으로부터 배운다

자신의 행동에 책임을 진다

물건과 소유에 대한 책임을 진다

변화에 잘 대처한다

적절한 유머감각을 갖는다

활동과 토론에 참여한다

집중하는 시간을 갖는다

독립적으로 일(공부)할 줄 안다

(말로 되어 있든 글로 되어 있든) 지시에 따를 줄 안다


이런 것들이 살아가는 데 필요한 기술임을 지금 이 나이까지 들어본 적이 없는 것이 억울했다. 정말 위에 나열한 성품을 갖게 된다면 공부를 좀 못한들 이 세상 어디를 가더라도 즐겁고 행복하게 자신 있게 살 수 있을 것 같다. 지도자가 될 성품이 없으면서 따라가는 일에도 늘 불만이고, 위기사항은 늘 피하면서 실패와 좌절을 두려워한다면 이 나라에서든지 우리나라에서든지 어디 산들 아무것도 변하지 않을 것이다.

감격하기 잘하는 나는 '아, 이 나라 학교는 역시 우리나라하고 다르구나'라고 감탄하며 아이가 이런 교육을 받을 수 있다는 것에 감사했다. 그리고 열심히 내가 아는 사람들에게 이 이야기를 해주었다.

그런데 명문이라고 소문난 다른 학교에 다니는 아이를 둔 엄마의

말을 듣고 생각을 바꿀 수밖에 없었다. 그 명문 학교는 역사가 유구한 학교로 에베레스트 산을 처음으로 정복하여 뉴질랜드 사람들의 자부심을 한껏 높여준 힐러리 경도 그 고등학교를 다녔다고 한다. 한국 아이들도 그 학교에 꽤 있다고 했다. 왜냐, 그 학교의 대학 진학률이 다른 학교보다 월등히 높기 때문이다. 그 엄마의 말에 의하면, 또 그것이 사실인데, 이 학교는 시험을 치러 성적순으로 반을 나눈다. 1등부터 꼴등까지, A반부터 B반, C반, 이런 식으로 쭉 나가기 때문에 아이 반이 어느 반인지 알면 그 아이의 전체 등수를 대략 안다는 것이다. 입학할 때 그렇게 정해서 첫 학년(Form 3)에는 시험 볼 때마다 반을 바꾸고, 그다음 학년부터는 그렇게 볼 때마다 움직이는 것은 아니지만 시험 성적이 계속하여 두 번 그 윗반 학생보다 좋으면 그 윗반으로 올라가는 식으로 반이 이동된다고 한다.

그런데 자기 아이가 두 반을 건너 올라가서 보니 학습 내용과 진도가 이전 반에서 공부한 것과 다르고 심지어는 교과서도 달라서, 그동안 그 반에서 이미 공부한 내용을 따라가느라 애를 먹는다는 것이었다. 이 정도면 우리나라에서 우열반을 나누어 공부시키는 것은 저리 가라다. 그래서 이 학교에 다니는 한국 아이들은 대부분 과외를 한다는 것이 그 엄마의 설명이었다.

우리 아이가 다니는 학교도 우열반이 있기는 하다. 첫 두 해를 공부 잘하는 반 2개 반과 잘 못하는 반 2개 반을 만든다. 중학교에서의 선생님 평가와 학군 내에 있는 중학교에 가서 미리 테스트한 결과를 가지고. 그러나 공식적으로 그런 반이라는 말을 하지 않는다. 단지 학부모를 위한 저녁모임을 준비해서 각기 담임 선생님을 만나는 시간에 그 반에서 담임 선생님이 그 반에 속한 아이의 부모들에게만 그 사실을 알려줄 뿐이다. 아이들은 늘 공부 잘해서 상 타는 아이들이 주로 몰려 있는 반이기에 그럴 것이라고 짐작하고. 그러나 두 해 지나면 수학만 빼놓고 다 섞어놓는다.

왜 세 번째 학년부터는 우수반을 만들지 않느냐고 어떤 키위 엄마가 물었다. 그 질문을 들으며 여기서도 우수반에 들어가면 부모가 은근히 자랑스러워하나 보다 하는 생각이 들었다. 그 질문에 대한 선생님의 대답은 이랬다. 편의상 그리고 아이들의 능력에 따라 반을 구별하긴 했지만 이 반에 속한 아이들만 공부 잘한다고 착각하면 안 되고, 다른 반에도 이 반에 속한 아이보다 공부 잘하는 아이들이 있을 수 있다는 것. 그리고 세 번째 학년부터는 학생이 모든 과목을 선택하기 때문에 우수반을 따로 만들 수 없고 그럴 필요도 없다고.

어느 학교가 더 좋은 학교인지는 각자 교육관에 따를 일이다. 나는 학교에서 배우는 것이 공부만이라고 생각하지 않기 때문에 앞에서 말한 기술을 아이가 체화한다면 그것이 인생을 살아가는 데 훨씬 도움이 될 뿐 아니라 성숙한 인간을 만들어준다고 생각하지만, 무엇보다 공부를 잘해야 한다고 생각하는 사람은 다른 학교를 선호할 수 있다. 각자 교육관에 따라 다른 방식으로 교육하는 것을 누가 탓하랴. 이것은 이래야 하느냐 저래야 하느냐의 문제가 아니라 선택의 문제일 뿐.

# 금발로 물들이는 건 싫어

영화 〈신사는 금발을 좋아한다〉에 나오는 마릴린 먼로를 보고 생겼음직한 금발에 대한 농담이 많다.

예를 들면 이런 우스갯소리. 한 남자가 정원 손질을 하고 있는데 그 옆집에서 금발 미녀가 나와 우체통을 들여다보고는 휙 돌아서서 문을 쾅 닫고 들어가 버린다. 그리고는 금방 다시 나와서 다시 우체통을 들여다보고 화를 내며 들어가고 또다시 세 번째 나와서 우체통을 들여다보고 화를 내자, 이웃집 남자가 무슨 일이냐고 물었다. 그 금발의 미녀가 대답하는 말, "내 멍청한 컴퓨터가 자꾸 'You've got mail(톰 행크스와 멕 라이언이 주연한 영화 제목)'이라는 메시지를 보내고 있어요!"

이처럼 그 내용은, 금발은 멍청하고 머리가 나쁘다는 게 주조이다. 그런데 그런 우스갯소리가 나온 것은 서양에서도 금발을 선호하기 때문이지 싶다. 우리나라에서 변호사나 의사는 허가받은 도둑놈들이라고 하면서도 부모들이 기 쓰고 법대나 의대에 보내려 애쓰는 것처럼, 이곳에서는 금발이 멍청하다는 농담의 대상이면서도 남녀 구별 없이 금발을 갖고 싶어 한다.

금발이면 다 그런 줄 알았다. 어느 날 우리 아이가 말할 때까지.

"엄마, 금발이 진짠지 가짠지 어떻게 구별하는 줄 알아? 눈썹까지 노라면 진짜 금발이고 눈썹이 다른 색이면 진짜 금발이 아니야."

그러고 보니 눈썹까지 노란 사람들이 있었다. 그러나 대부분은 갈색이나 까만 눈썹을 가진 금발이다. 물론 화장한 걸 감안하더라도 진짜 금발은 그리 많지 않다. 금발이 원래 자기네 머리색 중 하나인 백인들은 금발로 물들여도 튀지 않는다. 우리 아이가 말해주기 전까지는 진짜 가짜를 구분할 수 없게 자연스러워 보였다. 이태원 가게의 가짜 진짜들처럼.

그런데 동양인이 머리를 노랗게 물들이면 그렇게 어색할 수가 없다. 까만 머리는 다른 색이 잘 염색되지 않기 때문에 일단 탈색을 하고 염색했던 노란 머리가 물색이 빠지면서 노란 머리에 가끔 섞인 흰머리에다 밑에 새로 나오는 까만 머리까지 합치면 정말 한숨이 나올 지경이다.

아이가 어느 날 말하기를, 포니 클럽 친구 하나가 자기보고 머리를 금발로 물들이면 어떻겠느냐고 했단다.

"아니, 왜?"

"나보고 여기 이민 와서 한국에 몇 번 돌아가 보았느냐고 해서 아직

한 번도 안 갔다고 했더니 그럼 이제 너는 키위라면서, 머리를 물들이면 진짜 키위가 된다고 했어.”

이곳에 온 지 4년 정도 되었을 때의 일이다. 그 친구가 놀리느라 한 말인지 아이들의 유치한 진지함으로 말한 것인지는 모르지만 놀림 받은 거구나 하는 느낌이 들었다. 그 클럽에 있는 아이들은 다 우리 아이보다 나이가 많아 고등학생들이었으니까(학제가 달라 우리나라로 치면 아직 중학생 나이이지만).

“금발로 물들이고 싶니?”

“글쎄.” 그 대답을 들으면서 머리를 물들이면 그 클럽 아이들 사이에 끼기가 더 쉽지 않을까 하고 아이가 생각할 수도 있겠다 싶었다.

“엄마 생각에는 금발이 동양사람한테는 전혀 어울리지 않거든. 이상하게 그렇단다. 백인들은 이런저런 색으로 물들여도 별로 이상하지 않은데, 동양사람 피부에는 까만 머리가 가장 잘 어울린단다. 하나님이 원래 만들어주신 대로가 가장 아름답거든. 그래도 정 염색하고 싶으면 그래도 좋은데, 금발로는 안 하는 게 좋을 것 같아.”

그 뒤 별 말 없더니 친구네 오빠가 빨간색으로 머리를 염색하고서는 마음에 안 들어 하루 종일 12번 머리를 감았다나. 염색약이 12번 감으면 색이 빠지는 종류였다는 거였다. 그러면서 12번 감으면 빠지는 염색약도 있고 20번 감으면 빠지는 염색약도 있다는 등 나에게 머리 염색이 영구한 것이 아니라 일시적임을 알려주는 정보만 제공했다.

염색 이야기가 나온 지 5년 만인 작년, 드디어 아이는 머리를 염색하겠다고 선언했다. 머리 전부는 아니고 군데군데 몇 가닥씩만.

이곳에 와 있는 한국 아이들, 심지어는 꼬마들까지 염색 안 한 아이가 거의 없는 마당에 그것도 안 된다고 할 순 없는 일이지만, "그러니?"라고 일단 말하면서도 금발은 아니길 속으로 바랐다. 아이가 하는 말,

"짙은 파란색으로 염색해서, 그냥은 염색한 게 잘 안 보이고 불빛에서만 형광으로 파란색이 보이게 할 거야."

나는 무조건 참 잘 생각했다고 말해주었다. 내 마음속을 들여다본 것처럼 아이가 덧붙였다.

"금발로 물들이는 건 싫어, 금발 콤플렉스가 있는 것처럼 보이니까."

# 너도 귀를 뚫고 싶니?

"엄마, 키위 부모도 우리나라 부모나 똑같아."

아이가 중학교 다니던 어느 날 한 말이다.

"왜 그런 말을 하니?"

아이 친구의 부모가 늘 말했단다. 귀를 뚫는 것은 괜찮아도 문신은 절대로 하면 안 된다고. 그런데 그 친구가 정작 귀를 뚫겠다고 했더니 그것도 안 된다고 했다는 거다. 그래서 우리 아이 말은 우리나라 부모나 여기 부모나 똑같다나.

내가 언제 아이에게 이것은 되는데 저것은 안 된다고 했다가 이것을 하겠다고 하는데 그것도 안 된다고 이야기한 적이 있나 생각해보니 그런 적이 없다. 그런데 아이가 그렇게 말하다니 억울했다. 내가 언제 너한테 그런 적 있냐고 항의했더니 우리 아이 말, "보통 엄마 아빠들이 그러잖아, 엄마는 그러지 않지만".

그 말에 내가 누그러져서 물어보았다.

"그래서 그 친구는 부모 말을 듣고 귀를 안 뚫었니?"

"아니, 하지 말라니까 더 하고 싶어서 뚫었대."

이번엔 내 차례다.

"부모가 하지 말라는데 굳이 하는 건 키위 아이나 우리나라 아이나 다 같구나."

"응, 엄마가 하지 말라고 하면, 꼭 하고 싶었던 게 아니더라도 더 하고 싶어져."

아이는 순순히 인정했다. 이 말에 우리 아이도 귀를 뚫고 싶은 건가 하는 생각이 들었다.

"너도 귀를 뚫고 싶니?"

"응, 엄마가 하지 말라고 하니까 나도 하고 싶어."

방금 나눈 이야기가 있는지라 이 말을 어떻게 받아들여야 할지 잠시 난감했다. 귀를 뚫겠다고 나한테 간접적으로 통고하는 건지, 뚫고 싶은데 말리면 자기도 친구처럼 해버리겠다는 건지.

어쨌거나 내 의사를 분명히 할 필요가 있겠다 싶었다.

"그래, 난 귀 뚫는 것은 원칙적으로 반대한다. 예쁘게 단장하는 것은 좋지만 원래 귀를 뚫고 귀걸이를 하는 것은 옛날에 종들에게 소유권 표시를 하기 위해 그랬던 거란다. 소나 말 엉덩이에 화인을 찍는 것처럼."

발찌가 노예 사슬에서 나왔으리라고는 혼자 생각했었지만 귀를 뚫는 것이 그런 역사적인 사실을 바탕으로 한 건지는 잘 모른다. 그래도 아이에게 그렇게 이야기할 때는 그것이 사실이라고 생각했다.

"그리고 하나님이 주신 몸에 자기 스스로 흠집을 내는 것은 별로 좋은 일이 아니고, 그런 것 안 해도 너는 참 예쁘단다. 그렇지만 네가 굳이 하겠다면 할 수 없지 뭐, 그래도 엄마는 네가 다 큰 다음에 스무 살쯤 된 다음에도 하고 싶으면 그때 하는 게 좋을 것 같다."

이 정도로 미루어놓고 다른 이유를 들기 시작했다.

"만일 귀를 뚫는다면 일주일 이상 하루에 몇 차례씩 그 자리를 소독해야 한다고 하더라. 너 혼자 할 수 있겠니? 귀 뚫을 때 아프기도 할 테고."

그 말에 아이는 대답했다.

"아니, 꼭 하고 싶다는 게 아니라 엄마가 하지 말라고 하니까 하고 싶은 거라니까."

나는 노파심에서 아이를 데리고 귀걸이를 사주러 갔다. 귀를 뚫지 않아도 할 수 있는 걸로 사주려고. 그런데 귀를 뚫지 않고도 할 수 있는 귀걸이는 열에 하나도 되지 않았다. 아이 마음에 드는 귀걸이는 모두 귀를 뚫어야 할 수 있는 것들이었다. 아이 마음을 달래주러 갔다가 아무것도 사지 못하고 돌아왔다. 내가 시대착오적인 엄마라는 것만 증명한 셈이다. 그 뒤로 아이는 다시는 그 문제를 거론하지 않았다.

아이가 지금까지 귀를 안 뚫은 것은 사실 나의 설득에 넘어가서라기보다는 귀를 뚫은 친구들이 아이 주변에 그리 많지 않아서, 귀를 뚫

어야 한다는 무언의 압력을 친구들에게서 별로 받지 않기 때문일 것
이다. 그래서 난 우리나라 부모와 같은 키위 부모들이 많다는 사실에
감사한다.

# 유난히 말 타기를 좋아한 딸

아이가 초등학교 시절 우리도 바빴다. 아이에게는, 월요일은 드라마와 스피치 클래스, 화요일은 걸스 브리게이드라고 우리나라의 걸스카우트와 비슷한 모임이 있고 수요일은 수영 클럽, 목요일은 승마 레슨, 금요일은 다시 수영 클럽에 다닐 일이 있었다. 아이가 학교에서 돌아오면 부리나케 이런 곳으로 태우고 다녔던 것이다. 이쯤 되면 나도 엄청난 극성 엄마에다가 승마 레슨까지 받게 한다니 재벌 며느리 아니냐는 오해를 받을 수 있지만 사실은 거리가 한참 멀다.

뉴질랜드에 오기 전 강릉에 놀러간 적이 있다. 바닷가에 조랑말을 태워주는 곳이 있었다. 아이는 바다에 들어갈 생각은 하지 않고 자긴 아무것도 필요 없으니까 말만 태워달라고 해서, 그 조랑말을 타고 서너 바퀴 큰 원을 그렸다.

그 후에도 아이가 하도 말 타령을 해서 과천 경마장에 승마 가르치는 데가 있다 알아보았더니, 지금은 기억도 잘 안 나지만 우리 같은 서민에게는 말도 되지 않는 액수라서 포기했다. 그런데 이곳 뉴질랜드에 오니까 말 태워주는 곳이 가는 곳마다 있는 것이었다.

모처럼 가족끼리 놀러간 곳에서도 아이는 다른 것 말고 말만 타겠다고 떼를 썼다. 우리 사는 오클랜드에도 말 태워주는 곳은 있을 거라고 아이를 달랬다. 집에 와서 전화번호부를 뒤져보았다. 포니 클럽은 일단 자기 말이 있어야 한다는 말에 포기하고 그냥 말 타는 곳을 찾았다. 집에서 차로 15분가량 떨어진 곳에 놀이삼아 한두 시간 말을 태워주거나 승마 레슨도 하는 곳을 찾을 수 있었다.

그런데 말을 타고 안내자를 따라 주변을 어슬렁거리며 한 시간 돌아다니는 것이나 레슨을 한 시간 받는 것이나 값이 같았다. 한 시간에 혼자는 40달러, 서너 명 그룹으로는 20달러. 나도 한국 엄마인지라 이왕이면 정식으로 배우는 것이 낫겠다 싶어 아이는 말 타는 것을 배우게 되었다. 우리나라에서는 올림픽 중계 때나 볼 수 있는 승마 기술을 아이에게 배워주기 위해 나는 일주일에 한 번 아이를 데려다주었고, 우리 아이는 몇 년을 참았던 말 타는 일을 배우게 되었다.

아이는 말 타는 일이 얼마나 중요한지 할머니 할아버지가 비행기를 13시간 타고 오셨어도 말을 탔다. 레슨이 끝나도 마구간에 들어가 말을 보느라 정신이 없었다.

말을 타면 견마를 잡히고 싶다더니, 아이는 자기 말을 가지고 싶어 했다. 아이 이야기인즉 사람과 말도 서로 맞는 상대가 있다는 것이었다. 가령 다른 아이들이 싫어하는 말인데 우리 아이는 좋아하고, 다른 아이는 사납다고 싫다는 말이 우리 아이에게는 유순하다든지 뭐 이런 식이었다. 그러니 레슨 받으러 갈 때마다 자기 마음에 드는 말을 꼭 탈 수 있으리라는 보장이 없고, 그곳에 그날 말 타러 오는 사람이 얼마나 되느냐에 따라 이 말 저 말 주는 대로 타야 하는데 그게 싫다는 거였다.

말에 관한 한 생짜로 무식한 나와 남편은 아이에게 말 값이 얼마나 하는지부터 물어보았다. 잘하면 공짜에서부터 비싸면 우리가 상상할 수 있는 액수를 초월하는 말까지 천차만별인데, 한 100만 원이면 그냥 보통 말이라고 한다. 그래서 우리는 컴퓨터를 사주는 대신 말을 사주기로 했다.

그런데 말을 사면 어디서 키워야 하나. 아무리 우리 집 뒤뜰이 넓다 한들 말을 키우기에는 태부족이니. 다시 포니 클럽을 알아보려 전화를 했다. 몇 군데 알아본 끝에 우리 집에서 가장 가까운, 걸어서 10분 거리에 있는 클럽 대기자 명단에 이름을 올려놓았다. 6개월은 걸려야 클럽에 자리가 날 것 같다고 했는데, 한 달 만에 자리가 났다는 연락이 왔다. 알고 보니 그 클럽 땅이 개발업자에게 팔려 회원이 줄어드는 사정이 생긴 것인데, 우리는 그래도 그 클럽에 가입하기로 했다.

생각보다 빨리 클럽에 가입하게 되어 말 사는 일이 급해졌다. 중고품 매매광고만 나오는 신문을 하나 사서 말 광고란을 보고 전화를 하기 시작했다. 광고에는 팔려는 말의 키, 나이, 성격이 좋은지 거친지, 그리고 말이 무엇을 할 줄 아는지, 말하자면 승마 기술을 얼마나 배운 말인지가 나와 있다. 물론 가격도 나와 있고.

우리는 2,000달러 내외의 말을 보자는 것만 정해놓았고 보러 갈 말을 정하는 것은 아이의 몫이었다. 말 키가 말 탈 사람의 키하고 맞아야 한다는 것도 그때 처음 알았고, 포니가 어린 말을 의미하는 것이 아니라 말과 당나귀가 다르듯이 말하고는 아예 종자가 다른 짐승으로 말만큼 키가 크지 않는다는 것도 아이를 통해서 처음 알았다.

말을 팔겠다고 광고 낸 사람에게 전화하고 말을 보러 갈 시간을 약속하고 그 집까지 아이를 데리고 가는 일은 우리가 할 수 있었지만, 그 다음 살지 말지는 아이의 결정에 맡기기로 했다. 우리가 워낙 말에 대해 무식하니까.

서너 군데 약속해놓고 처음 간 집의 말에 우리 아이가 홀딱 반했다. 우리는 그래도 약속했던 몇 군데를 더 보고 마음을 정했으면 싶은데, 아이는 그 말이 자기하고 맞는다는 것이었다. 물론 타보고 하는 말이었지만 우리는 말이 열세 살이면 나이가 많지 않은지, 건강은 괜찮은지 수의사에게 먼저 진찰을 받아보자고 달래놓았다. 또 왜 그 집에서 말을 팔려고 하는지도 궁금했다.

그 집 아이도 포니 클럽 회원이었는데 이제는 댄스에 취미가 붙어서 댄스 클럽에서 활동하는 것만으로도 너무 바쁘기 때문에 판다는 것이었다. 시간이 없어서 말을 잘 돌보지 못하면 말이 불쌍하기 때문에 팔 수밖에 없다고 했다.

그래서 또 우리는 말을 일주일에 서너 번은 타야 말의 건강을 해치

지 않는다는 사실도 알게 되었다. 사람을 태우고 달리면 말 허리가 아
프지 않을까, 말이 불쌍하다고 생각한 것은 내가 무식한 소치였다.

# 말똥 냄새가 얼마나 좋은데

안장 일체를 포함해 원래 우리가 마음먹었던 2,000달러에 흥정하고 나니 말을 데려오는 일만 남았다. 다행히 그 집 아버지가 해준다고 했다. 말차(승용차 뒤에 붙여 끌고 가는 차도 있고 아예 큰 트럭으로 말을 태울 수 있게 되어 있는 차도 있다)를 가지고 있는 이웃에게 부탁해서 데려다 주겠다는 것이었다.

우리는 말만 사면 되는 줄 알았는데 그게 아니었다. 아이가 다니는 클럽까지 말을 당장 데려가는 일도 문제였다. 살 때뿐 아니라 아이가 승마대회에 참석한다거나 옆 클럽 행사에 참가하려면 말을 옮겨야 하고 그때마다 말을 태우고 갈 차가 있어야 했다. 있다고 해도, 남편이나 나나 말을 태운 차를 우리 차 뒤에 달고 운전할 엄두가 나지 않았다.

나중에 알고 보니 포니 클럽 멤버 아이들의 부모는 말에 대해 잘 알고 있는 경우가 많았다. 자기들도 말을 타거나 적어도 어려서 포니 클럽의 경험이 있는 사람들과, 말을 처음 구경한 게 제주도로 신혼여행 가서 본 조랑말인 우리 같은 사람과는, 아이의 클럽 생활에 관여하는 정도에 차원이 달랐다.

어쨌거나 우리는 컴퓨터 한 대 값으로 아이보다 더 늙은 말과 안장, 말 비옷, 겨울 옷, 빗질해주는 장비 일체를 사서 운송까지 해왔다. 그리고 아이에게 다짐을 받았다. 이제부터 말을 돌보는 일은 철저히 네 몫이라고, 우리는 포니 클럽까지 데려다 주는 일 말고는 할 수 있는 일이 없다고. 아이도 잘 알고 있었다. 우리가 말에 관한 한 무식할 뿐 아니라 무능하다는 것을.

걸어서 10분 거리이기에 포니 클럽에 아이가 혼자서 갈 수 있다고 생각했던 것도 무식의 소치였다. 안장 등을 가지고 가야 하기 때문에 차 없이 혼자 갈 수가 없었다. 거기다 차로 데려다 주는 일 외에도 부모가 할 일이 많았다.

한 달에 한 번 워킹 비(working bee)라고 해서 정말로 노동을 하러 가야 했다. 클럽의 망가진 울타리를 고치는 일 등은 쉬운 일이었다. 쑥 내려간 골을 가운데로 하고 오르막 내리막이 펼쳐져 끝이 아득하게 보이는 땅에 말이 물을 먹을 수 있는 물탱크가 여기저기 있는데, 그것을 서로 연결한 고무파이프를 옮기는 일은 장난이 아니었다.

호주에서 목장 울타리로 사용하기 위해 들여왔다는 가시나무가 잡목처럼 퍼져 그것을 제거하는 일이 이 나라 목장의 골칫거리인데, 그 클럽 땅에도 예외 없이 가시나무가 이곳저곳 뭉텅이로 자라고 있었다. 그것을 피해가며, 그 가시에 긁혀가며 두 손을 벌려야 들어가는 굵기의 고무파이프를 어깨에 메고 이리저리 끌고 다니는 일은 며칠 몸살을 앓을 정도의 중노동이었다.

부득이 참석할 수 없는 부모는 불참하는 대신 벌금조의 돈을 내면 되지만 그 돈으로 다른 인력을 사는 것은 아니라서, 우리가 빠지면 결국 다른 사람에게 일을 더 맡기는 셈이니 빠질 수 없었다. 특히 우리는 20년 된 그 클럽에 처음 들어간 동양인이 아닌가. 그러니 여기서도 역시 내가 잘못하면 동양인, 특히 우리나라 사람들에게 욕 먹이는 일이 된다는 생각에, 또 혹시나 아이가 다른 아이들에게 그런 일로 따돌림 당할까 봐 기를 쓰고 참석할 수밖에.

그래도 아이가 보트 클럽에 들어간 것보다는 낫다. 벌써 9년 전 이야기지만 우리 집 앞 바닷가에 보트 클럽이 있어 아이들이 조그만 돛단배를 타는 것을 보면서 남편이 아이를 그곳 회원이 되게 하고 싶어 했다. 알아보니 보트를 클럽에서 빌려주기도 하고 사도 되는데, 그 당시에 400달러 정도면 된다는 것이었다.

그런데 배 띄울 때 보니까 이건 완전히 아버지의 일이었다. 만일 자기 배가 있으면, 말 운송하듯이 배도 차 뒤에 싣고 끌고 와야 하고 그것을 백사장에서 밀어 바닷가로 띄우는 일이 예사가 아니었다. 주말마다 그렇게 배를 띄우고 아이가 근해에서 돛을 움직이며 연습하는 일을 지켜보고 몇 시간 뒤에 들어오면 다시 바닷가로 배를 끌어내어 씻고, 이것은 하루 종일의 행사였다. 포니 클럽과 마찬가지로 경험 있는 부모 아니면 섣불리 덤벼들 일이 아니었다. 그 당시 우리 아이가 배 타는 일에 적극적이지 않았던 것이 천만다행이었다.

노동하는 일 말고도, 클럽 운영을 부모들이 하기 때문에 회의에도 참석해야 한다. 포니 클럽이나 보트 클럽이 우리나라에서 듣기에는 엄청난 것 같지만 사실은 취미가 같은 아이들을 모아놓고 그 부모들이 운영하는 모임이라고 보면 된다. 아이가 속했던 포니 클럽의 경우, 넓은 목초지를 시에서 빌려 말을 방목하고 풀이 별로 잘 자라지 않는 겨울에는 건초를 여기저기 갖다놓으면 말들이 알아서 먹는 식으로 말을 돌보았다.

따로 관리인이 있는 것도 아니고 날씨 나쁠 때 말을 넣어둘 마구간도 없었다. 아이들이 말 타다가 비 오면 피할 수 있게 지붕과 세 면이 벽으로 둘러싸인 방 하나 크기의 스테이션이 하나, 그 옆에 말을 빗질하고 말굽의 흙을 파주는 등 말을 돌볼 수 있도록 수도가 있는 시멘트 바닥 하나, 부모들이 일할 때 필요한 연장을 넣어두는 헛간과 작은 건초 창고 하나, 그것이 다였다. 그리고 아이들이 승마 연습을 할 수 있게 나무껍질을 깔아 다듬어 놓은 직사각형 연습장 하나, 들판 여기저기에 점프 연습을 할 수 있게 널려 있는 나무 장애물 등이 있었다.

아이들은 시간 나는 대로 학교 끝나면 클럽에 가서 말을 끌고 와 우선 빗질을 해준 다음, 타고 놀다가 다시 들판에 풀어놓고 일주일에 한 번씩 그 너른 땅에 널려 있는 말똥을 구획을 정해 주워서 한 곳에 버리는 일을 했다. 한두 시간씩 허리 굽혀 똥을 주워 비닐봉지에 담는 일은 올림픽 때 멋있게 차려입은 승마 선수들을 보면서 나도 모르게 자리 잡고 있던 승마에 대한 개념과는 거리가 멀었다.

안장을 실고 다녀 차에서 말똥 냄새 난다고 투덜거리면 '그 냄새가 얼마나 좋은데'라고 아이가 말하는 것을 들으면서, 그래 그 냄새까지 좋지 않으면 어떻게 말을 타고 돌볼 수 있으랴 싶었다. 다른 멤버 엄마가 나보고 말 타는 일이 아이들에게 책임감을 심어주고 돌보는 일을 할 줄 알게 만들어서 좋다고 말한 것은 사실이었다.

클럽 내에 행사가 있거나 대회가 있을 때는 말갈기를 곱게 따주고 치장을 해야 한다. 그러기 위해서는 새벽 5시에 일어나야 했다. 그 전날 미리 할 수 없는 이유는 미리 해놓아 보았자 말이 밤사이에 땅에 뒹굴면 헛수고이기 때문이다. 잠을 10시간 이상 자야 하는 잠꾸러기가 이럴 때는 발딱 일어나서 나간다. 나도 덩달아 그 시간에 일어나 태워다 주어야 하긴 하지만 그 시간에 일어나 행사가 끝나는 오후 서너 시까지 버티는 아이가 신통할 수밖에. 이런 기분은 공부 잘해서 상 타올 때와는 종류가 전혀 다른 흐뭇함을 느끼게 해준다.

행사를 해도 다른 진행자가 있는 것이 아니다. 부모들과 자원봉사하는 승마 선생이 함께 준비하고 진행한다. 클럽들이 모여 지역별로 대회를 할 때도 별반 다르지 않다. 부모들이 진행위원이 되어 행사를 만들어간다. 우리 아이는 경쟁하는 것을 극히 싫어해서 대회에 참가하지 않는 경우가 간혹 있는데, 그럴 때도 우리는 의무를 다하기 위해 점프대 옆에 서서 선수들이 제대로 넘는지 체크한다거나 점프 장애물을 갖다놓았다 치웠다 하는 일을 해야 했다. 이렇게 클럽을 꾸려나가니 한 달 회비는 40달러로 충분했다. 그것으로 겨울에는 건초를 사고 고칠 것 있으면 고치고, 행사 때 상이나 선물을 샀다. 물론 그 모든 일들은 부모들의 회의를 통해 결정되었다.

아이가 하나여서 이 정도지, 서넛 되는 아이들의 취미가 각각이면 부모가 여가 시간 가질 여유가 없다. 이러니 이곳의 부모가 한국 부모보다 아이들 과외 뒷바라지로 더 시간이 없고 바쁘다고 하면 억지일까.

# 말 [馬] 때문에 배운 말 [言]

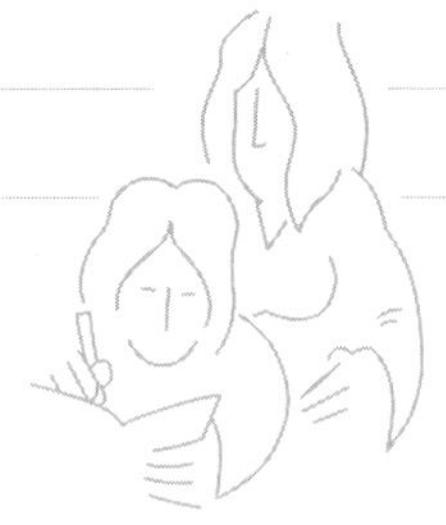

우리 아이가 영어에서 자유로워진 것은 말 덕분이라고 할 수 있다. 적어도 읽는 것과 말하는 데서는. 말을 말 때문에 잘하게 되었다고 내가 생각하는 이유는 이렇다.

온 지 3년 되었는데도 성적표 영어란에 선생님의 코멘트는 '아직 말하는 것을 수줍어한다. 특히 앞에 서서 이야기하는 것을, 이제 토론하는 데 조금씩 참여하고 있다' 정도였다. 세 번째 성적표를 받아오고 나서 시작된 방학 내내 우리 아이는 포니 클럽에 가서 살았다. 처음 자기 말을 산 지 두 달밖에 안 되어 아직 흥분이 가시지 않았기 때문이라고 이해할 수도 있지만 정도가 심했다. 가족과 놀러가는 것도 거부하고 아침부터 저녁까지 빵 한쪽 가지고 가서 살다시피 한다.

말과 영어로 말하는 것도 아닐 텐데 말 때문에 영어 말을 잘하게 되었다는 말은 웬 말이냐? 방학이라 아이들이 수시로 포니 클럽에 가서 말을 타고 말을 돌보며 놀았다. 여기 아이들이랑 한 달여를 하루 종일 영어로 말하며 놀다 보니 그동안 머릿속으로만 쌓여 있던 말들이 터져 나오며 자연스럽게 말문이 열린 거다. 방학 어느 날 갑자기 아이가 말하는 게 듣기 거북했다. 미국에서 오래 살았다는 사람들이 말하는 혀 꼬부라진 한국말은 아닌데 듣기에 답답했다. 남편은 잘 모르겠다고 했다. 주위 사람들도 별로 나처럼 느끼지 않았다. 며칠을 두고 아이가 말할 때 입을 유심히 쳐다보았다.

그 후 깨달은 사실. 아이가 몇 주일을 눈뜨면 포니 클럽에 가서 해질 무렵에 와 밥 먹고는 곯아떨어지면서 우리하고는 이야기하는 시간이 거의 없이 이곳 아이들하고만 떠들더니 말하는 입놀림이 달라졌다는 것을 발견했다. 사실은 입놀림이 아니라 혀놀림이다. 우리말은 똑똑 떨어지는 단절음으로 이루어지는데, 내가 언어학자가 아니라 정확하게 설명하는지 아닌지 모르지만 내 관찰로는, 영어는 l자 말고는 혀를 많이 구부리는 발음이 없어서 주로 혀를 입 아래에 깔아두고 발음하는데, 아이가 영어하듯이 혀를 별로 움직이지 않고 한국말을 하니까 내 귀에 답답하게 들린 것이다.

영어를 제대로 못할까 봐 염려하던 것이 이제는 한국말을 제대로 못할까 싶은 염려로 옮겨갔다. 궁리 끝에 날마다 자기 전에 남편이나 내가 읽어주던 한국말 성경을 아이보고 소리 내서 읽으라고 시켰다. 왜 우리가 안 읽어주고 자기가 읽어야 하는지를 말해주고 그렇게 한 1년 정도 성경을 소리 내어 읽혔다. 그 결과 몇 주일 지나지 않아 다시 한국말 발음을 제대로 한다 싶게 되었다. 그러나 이제는 영어에 노출되어 있는 시간이 많은데다 말을 하는 내용이나 양도 집 안에서 한국말 하는 시간에 비해 훨씬 늘어났으니 아이의 말이 약간 어색하게 들린다 해도 할 수 없는 일이다. 한국에 돌아가서 1년만 살면 아무 문제도 아니므로 남편이나 나나 이 문제에 대해서는 더 이상 긴장하지 않기로 했다.

말 덕분에 영어 말문이 터진 아이는 이제 스스로 talkative라고 할 정도로 친구와 이야기 나누는 것을 좋아해서 서너 시간 전화로 수다 떠는 일이 보통이라 아이를 끔찍이 생각하는 남편이 아이 방에 전화기를 놓주었다. 팔 아프지 않게 누워서 전화하라고.

# 말은 변덕스럽지 않아

　말똥 냄새까지 좋아서 시작한 우리 아이의 포니 클럽 생활이 그 클럽이 문을 닫으면서 끝이 났다. 그 땅이 개발업자에게 팔려 다른 땅을 빌려야 했다. 그 일을 위해 부모들이 위원회를 만들고 여기저기 알아보아 우리 동네에서 차로 10분 정도 떨어진 곳에 땅을 빌리기로 했다. 그러나 회의를 거듭한 끝에 20년의 클럽 역사를 마감하기로 했다. 이미 너무 많이 줄어든 회원으로는 그 땅을 빌리는 것이 힘에 벅차고 아무 시설도 없이 땅만 가지고는 새로운 회원을 모집하기도 쉽지 않았기 때문이다. 그래서 남은 회원들은 알아서 근처의 다른 클럽으로 옮겨가든지 포니 클럽 생활을 마감할 수밖에 없었다. 우리 아이가 들어간 지 2년 뒤의 일이었다.

　나는 아이가 그렇게 열정을 가지고 열중하는 대상을 처음 보았기 때문에 당연히 가까운 어느 클럽에든지 옮겨가리라고 생각했다. 그래서 서너 군데 다른 클럽을 놓고 아이와 이야기를 했다. 어디로 갈 것인지. 그런데 아이의 반응이 영 시큰둥했다. 어디는 아이들이 속물이라서 싫고, 말하자면 말 타는 기술보다는 승마 옷이나 말 치장하는 데 더 열중하고 잘난체하는 아이들이 많다는 거였다. 또 어디는 멀어서 가기 싫고, 어디는 이미 자기네 멤버가 옮겨갔는데, 그 아이가 있어서 싫고 등등. 나는 의외의 반응에 속으로 실망했다. 벌써 싫증 내는 걸까, 왜 끈기가 부족한 것일까라고. 나는 아이를 슬슬 다그쳤다. 다른 포니 클럽에 가지 않으면 말을 어디에다 둘 거냐고, 사실 이것은 실질적인 문제였다.

내가 계속 못살게 굴자 아이가 속마음을 털어놓기 시작했다. 대학생까지 있었던 그 클럽에 우리 아이가 가장 어린 나이(열 살)로 회원이 되었는데, 친절하게 대해주는 아이도 있었지만 못되게 구는 아이들도 있었다는 것이다. 우리 아이가 자기 맡은 구역의 말똥을 다 치우고 나면 그쪽으로 말똥을 다시 던져놓고는 치우지 않았다고 비난한다거나, 한국에 돌아갈 건지 물어보고 여기서 계속 살려면 머리를 노랗게 물들이라는 등 말로 귀찮게 하거나, 기분 나쁘게 만들어 따돌리는 등.

이 부분에서 내가 좀 헷갈리는 것은 우리 아이가 인종차별을 받은 건지 그냥 텃세를 당한 건지 분명치 않다는 것이다. 나는 그 이야기를 듣고 인종차별 당한 것으로 단정하고 화를 내며 흥분했는데, 오히려 아이가 나를 달래면서 한국에서나 여기서나 그런 아이들이 있다고 말했기 때문이다. 그런 아이들은 자기들끼리도 약한 아이에게는 강하고 강한 아이에게는 약하고 원래 그렇기 때문에 특별히 자기를 차별해서 그런 건 아니라고. 그런 일이 아무렇지도 않은 것처럼 말하면서도 우리 아이는 다시 그런 상황에 놓이고 싶지는 않다고 했다. 어딜 가든지 그런 아이들은 있게 마련이고 새로 다른 클럽에 가도 그런 아이를 만나게 될 텐데 그렇게 괴롭힘 당하는 일을 다시는 겪고 싶지 않다는 것이었다.

그렇게 마음을 먹었으니 어쩌랴. 아쉽지만 말을 팔기로 했다. 아이가 다른 클럽에 간다 해도 어차피 말을 팔아야 할 때가 되었다. 아이 키가 훌쩍 커버려서 말이 아이에 비해 작아지기 시작했기 때문이다. 아직 탈 만은 해서 말을 뇌둘 땅이 있다면 1~2년은 더 탈 수 있지만 아이 몸까지 붇기 시작하면 말이 힘에 부칠 것이다.

파는 일은 사는 과정을 거꾸로 하면 되었다. 광고신문에 광고를 내자 전화가 오기 시작하고 약속을 해서 살 사람 만나 그 사람이 말을 타 보고 또 우리 아이는 그 사람이 말을 어떻게 다루는지 관찰하면서 자기가 사랑한 말을 데리고 갈 만한지 판단했다. 이 과정에서도 우리는 아이를 약속 시간에 데려다 주는 일 이상의 관여를 할 수 없었다. 다행히 몇 번 사람들이 오가고 내 나이의 아줌마가 사겠다고 왔는데, 우리 아이의 마음과 그 아줌마의 마음이 서로 맞았다. 그 아줌마는 말이 마음에 들었고 우리 아이는 그 아줌마가 마음에 들었다. 그래서 2,000달러에 산 말을 1,300달러에 팔았다. 중고차 팔듯이. 말이 두 살이나 늙어버렸기 때문이다.

말을 판 뒤 아이는 며칠을 울었다. 그 뒤로 가끔 내가 물었다. 레슨 받던 곳에 가서 말을 다시 타고 싶으면 데려다 줄까 하고. 아이는 늘 도리질했다. 되었단다. 실연한 사람이 다시 새 사람 만나기를 겁내 하는 꼴이 아닌가 싶은 생각이 들 정도였다.

그 무렵 나의 286 컴퓨터를 드디어 바꾸어 인터넷을 할 수 있게 되자 아이는 채팅에 몰두했다. 주로 미국 서부와 호주 그리고 뉴질랜드에 있는 아이들과 채팅을 하면서 국제적으로(?) 친구를 사귀기 시작하여 사람보다 말을 더 좋아하는 아이가 아닌가 하는 나의 의구심을 지워주었는데, 역시 그 나라들도 말 타는 일이 이 나라만큼 쉬운 일이니 채팅도 말에 관한 이야기를 주고받는 것 같았다.

어느 날, 채팅하면서 만난 친구인데, 자기 집에 말이 있으니 공짜로 와서 타라고 한다면서 데려다 주겠느냐고 물었다. 10대인 아이들만 들어가는 채팅 방이니 부모가 말을 집에서 키울 정도로 부자인 친구인가 싶었다. 그랬더니 아니란다. 열아홉 살인데, 이미 커플이라는 것이다. 이 나라는 열여덟 살이면 부모 승낙 없이 결혼할 수 있으니까. 그래도 그 나이에 말이 세 마리면 부잣집 출신이라고 지레짐작했다. 그런데 왜 너에게 와서 그냥 타라고 하고 물으니까 세 마리를 둘이서 돌보기 힘드니까 자기가 가서 말을 타주는 것이 미안한 일이 아니고 그들을 도와주는 일이라고 했다. 자기는 공짜로 말을 타서 좋고 그 커플은 말 운동을 시켜서 좋다는 것이었다.

돈 내가면서 말을 타고 배울 때도 꼬박 데려다 주었는데, 공짜로 말

탄다고 하는데 못 데려다 줄 이유가 없다. 레슨 받는 것은 한 시간 일이니까 짧은 책 한 권 들고 가서 읽으며 기다리면 되었지만, 이제는 좀 두꺼운 책을 가져가면 된다.

그래서 시간 약속을 하고 오클랜드를 벗어나 우리 집에서 차로 20분 정도 떨어진 곳으로 그들과 말을 만나러 갔다. 말이 있는 곳은 그들 집이 아니었다. 그 커플 둘 다 근처 포니 클럽의 승마 선생인데, 회원 아이의 집에 양치는 들판이 있어서 말을 거기에 놓아둔 것이다. 나중에 알고 보니 세 마리 중 하나는 그 커플의 아들이 다니는 초등학교의 선생님 것인데, 팔려고 해도 팔리지 않아 그들에게 그냥 주었다는 것이다. 만약에 그 말이 팔리면 돈은 그 선생님에게 주기로 하고. 그리고 짐작과는 달리 부잣집 출신이 아니라, 남자는 집 짓는 빌더로 노동을 하고 여자는 어린 아기들 보모 노릇 하면서 그냥 먹고사는 정도인데, 말을 좋아하고 말 타는 것이 좋아서 오클랜드를 벗어나 시골에 집을 얻어 살고 있었다.

그들을 만난 첫인상은 열아홉 살 같지 않다는 것이었다. 어떻게 그 나이에 여섯 살 난 아이가 있나 의심하자 우리 아이가 나에게 그들이 채팅방에 들어가기 위해 스물세 살인 나이를 속였다는 것이다. 나이를 속이고 10대 아이들과 채팅하는 그들을 나는 이해할 수가 없고 못 미더워했는데, 우리 아이와 같이 말을 타면서 즐거워하는 그들을 보니 마음은 아직 10대인지도 모른다는 생각이 들었다.

어느 날인가 우리 아이가 그 부인하고 말을 타다가 빨갛게 물든 저녁놀을 둥지고 나란히 서서 하염없이 말 등에 앉아 이야기를 나누는데, 노을이 다 사라져 어둑해질 때까지 그칠 줄을 몰랐다. 열 살 이상 나이 차이나는 사람들이 저렇게 할 이야기가 많은가 싶었다. 돌아오는 길에 무슨 이야기를 했냐고 참지 못하고 물어볼 수밖에.

"말 이야기." 우리 아이의 대답이었다.

"무슨 말 이야기?"

"우리가 탔던 말들에 관한 이야기."

나의 기다리는 인내심을 시험했던 그들의 긴 대화는 그 두 마디로 정리되었다. 공통의 관심사가 사람을 서로 가깝게 한다는 것은 나도 경험해본 바이지만 말을 좋아하는 사람들은 좀 특별나지 않나 싶다.

그 이후로 우리 아이는 집 주인이 나가라고 할 때마다 오클랜드 외곽을 빙빙 돌며 이사하는 그 커플의 집을 따라 이곳저곳에서 말을 타며 즐겼고, 우울하거나 학교에 가기 싫을 때면 그 말들을 보러 가곤 했다. 아이의 말에 대한 평, 말은 사람처럼 변덕스럽지 않다는 것이다.

# 도서관에서 날아온 편지

도서관에서 편지가 왔다. 내가 기한이 지난 책을 아직 반납 안 했는데, 빨리 반납하지 않으면 연체료를 2달러까지 물게 될 수도 있고 계속 반납 안 하면 도서관 이용에 지장이 있다는 경고장이었다. 지난 금요일에 다 돌려주었는데, 이게 웬 홍두깨냐 기분이 나빠서 도서관에 전화를 걸었다. 내 말을 들은 도서관 사서는 혹시 착오였는지 다시 서가를 뒤져보겠다면서 잠시 기다리라고 했다. 잠시 후, 그 책이 서가에 없는데 어찌된 일인지 모르겠다고 했다. 반납한 것으로 컴퓨터 기록을 바꾸었으니 안심하라고 하면서, 그래도 혹시 나중에 책이 발견되거든 돌려주면 고맙겠다는 말을 덧붙였다.

머칠 후 아이 방 침대 시트를 갈아주느라 매트를 들썩이는데 침대와 붙은 벽 쪽에서 뭔가 툭 떨어지는 소리가 났다. 매트를 들추니 침대 밑으로 책이 한 권 떨어져 있었다. 아이가 침대에 누워 책을 읽다가 놔

둔 것이 매트와 벽 사이에 끼어 있었던 모양이다. 집어보니 며칠 전 그 토록 당당하게 돌려주었다고 소리쳤던 그 책이었다. 어쩔 것인가, 가서 미안하다고 할 수밖에. 그런데 그날 내 전화를 받은 직원이 누군지 알면 좋겠는데 얼굴도 이름도 모르니.

도서관에 가서 장황하게 설명했다. 내가 기한 지난 책에 관한 경고장을 받았다. 나는 책을 다 돌려주었다고 생각하고 며칠 전 전화로 말해서 너희가 반납된 것으로 처리했는데, 오늘 청소하다가 침대 사이에 끼어 있던 걸 발견했다. 미안하다. 그동안의 연체료를 다 물겠다 등등. 그랬더니 그 사서가 대답했다. 이미 반납처리 되었으니 괜찮다고. 책을 돌려주어서 아주 고맙고, 연체료는 낼 필요 없다고. 그래서 나도 대단히 고맙다는 말만 하면 되었다. 정말로 미안하고 또 내 잘못에 대한 너그러움에 고마워서.

다시 몇 년 후, 도서관에서 똑같은 편지가 날아왔다. 이번에는 남편에게. 그런데 그 책의 분류표를 보니 남편이 읽는 책이 아니었다. 그래도 확인했다. 남편은 제목도 들어본 적이 없다고 했다. 나는 당당하게 항의 전화를 했다. 그 사서도 마찬가지로 확인해보겠다고 하면서 서가와 컴퓨터를 확인하고, 그 책이 없는데 혹시 아이나 집안 식구 중에 남편 카드로 대출했을 가능성은 없는지 물었다. 나는 우리 식구는 각자 도서관 카드를 가지고 있기 때문에 그럴 가능성은 전혀 없다고 대답했다. 이런 일은 한 번도 없었는데 하면서 그 사서는 어쨌거나 반납한 것으로 처리하겠다고 말했다.

그날 학교에서 돌아온 아이에게 오늘 내가 이러저러해서 도서관에 전화했다고 했더니 그 책을 자기가 빌렸다는 것이었다. "너 그런 책 읽지 않잖아?" "숙제하는 데 필요해서 빌렸던 거야." "언제?"

그러면서 가만히 생각해보니 아이가 영어 숙제 때문에 도서관 가야 한다고 남편보고 데려다 달라고 했던 것이 기억났다. 남편은 데려다주고 대출해주는 일만 했으니 그 책 제목도 들어본 적이 없었을 밖에. 사실 아이는 카드만 있지 자기 카드는 한 번도 사용해본 적이 없다. 어차피 우리가 차로 데려다 주어야 하니까 지갑 가지고 가는 우리가 빌리게 되어 아이 혼자 책을 빌리러 가는 일은 한 번도 없었다. 또 아이 책을 빌려오는 것은 주로 내 담당이기 때문에 남편이 어쩌다 데리고 갔던 일은 까맣게 잊어버렸다. 내가 또 한 번 너무 당당했다 싶었다.

이번에도 어쩔 수 없이 책을 들고 갔다. 내 설명을 들은 사서는 자기가 전화를 받지는 않았지만 컴퓨터 기록을 살펴보겠다고 하더니 연체료를 얼마 내면 된다고 말해주었다. 연체료를 내니 처음보다 덜 미안해서 좋았지만 이런 실수는 두 번으로 족하다는 생각이 들어, 그다음부터는 경고장이 날아오면 우리 집 안에 있다고 믿고 뒤진다.

내가 주로 이용하는 첫 번째 도서관과 두 번째 도서관은 다른 도서관이다. 하나는 우리 집에서 차로 5분, 다른 하나는 10분 거리에 있다. 이 도서관들 말고도 나의 대출카드로 책을 빌릴 수 있는 도서관이 내가 사는 지역에 네 군데 더 있다. 다른 지역에 가서는 내 대출카드로 책을 빌릴 수 없다. 물론 개가식이라 누구나 들어가 책을 읽을 수는 있지만. 시내에 있는 오클랜드에서 제일 큰 도서관은 만 원 정도 내고 1년 회원이 되면 책을 빌려올 수 있다. 그러나 그럴 필요가 없다. 내가 사는 주변 여섯 개 도서관을 뒤지면 웬만한 건 다 있으니까.

한번은 우리 아이가 좋아하는 작가의 시리즈물 중에서 이미 대출되어 사이사이 빠진 것을 채우느라 도서관 네 군데를 순회한 적이 있다. 아이는 미안해했지만 나는 오히려 신이 났다. 한 시간 돌아 예닐곱 권의 시리즈물을 다 채워서 빌려올 때의 기분은 보물섬 지도 조각을 맞추어 보물섬으로 향하는 기분 못지않기 때문이다. 진짜 보물섬 지도 맞추기는 해본 적 없지만.

한 번에 몇 권씩 빌려주는지는 너무 많이 대출해서 안 된다는 말을 한 번도 들어본 적이 없기 때문에 확인해보지 못했지만, 많이 빌려올 때는 20권 정도까지 빌려오고 기한은 3주, 만일 연장하고 싶으면 기한 내에 전화 걸어 연장하고 싶다고 말하고 카드 번호만 불러주면 다시 3주간 오케이다. 그리고 이 도서관에서 빌려온 것을 저 도서관에 돌려주어도 그만이다. 권장사항은 아니지만.

# Ⅲ 영어 이야기

# 읽기 · 쓰기 · 듣기, 그리고 말하기

우리나라의 9시 뉴스에 해당하는 것이 여기서는 6시 뉴스다. 저녁 밥 준비하면서 대충 듣는 뉴스 시간에 내가 몇 년간 헷갈렸던 단어는 career와 Korea이다. 커리어 발음하는 것이 왜 코리아라고 들리는지 우리나라에 무슨 일 일어났나 하고 부엌에서 고개를 내밀어 텔레비전을 보면 상관없는 뉴스다. 장면이 한국과 관련 없는 것으로 보아 또 속았구나 하는 것이다. 2~3년 지나서야 그 발음이 다르게 들리기 시작했다.

제일 알아듣기 힘들었고 알아듣기 시작하는 데 오래 걸린 영어는 아이들 영어다. 온 지 1년 지났을 때쯤 우리 교회에 손님이 왔다. 초등학교에서 성경을 가르치는 일을 하는 자원봉사 단체에서 온 사람이 그 일을 같이 할 사람을 구하기 위해서였다. 나는 아이들 영어야 단순할 테니 나도 할 수 있겠다 싶은 마음에 예배 후 그 사람에게 말을 걸었다. 영어가 내 모국어가 아닌데 나도 할 수 있겠냐고. 그 사람은 반색하면서 동양인 아이들이 있는 초등학교도 많기 때문에 나 같은 사람도 필요하다고 했다. 나는 내가 영어를 말할 기회도 되겠다는 아주 순수하다고만은 할 수 없는 동기가 있었기에 그 말에 약간 실망했지만 내가 필요한 일이라면 하겠다고 생각해서 교육을 받기 시작했다. 그리고 경험이 없는 관계로 이미 10년 넘게 가르쳐온 베테랑 아주머니의 보조교사를 하게 되었다.

이 나라는 다섯 살 생일이 지나면 초등학교에 들어갈 수 있다. 우리나라처럼 입학식이 따로 없고 생일 지난 다음날부터 다음 학년 새로 시작하는 날까지 그 부모가 적당하다고 생각하는 날 학교에 데리고 가면 된다. 그래서 학년 초에는 학생 수가 얼마 되지 않다가 점점 늘어나는 게 1학년이다. 그 1학년이 그 아주머니 선생님 반이었다. 다행히 한국 아이가 하나 있었다. 그러나 그 아이는 이 협회에서 생각하는 대로 나의 도움이 필요한 아이는 아니었다. 그래서 나는 아이들이 성경 공부한 것에 대해 만들기를 하거나 그림을 그리는 일을 도와주면 되었다.

아이들은 무엇을 하든 그것에 자기 이름을 쓰고 싶어 했다. 우리나라에서는 상상할 수도 없지만, 아무리 1학년이라도 자기 이름을 쓸 줄 아는 아이들이 별로 많지 않아 이름 써주는 일이 주로 내 일이었다. 그런데 아이들이 불러주는 스펠링을 잘 알아들을 수 없는 것이 문제였다. a를 말하는지 e를 말하는지 i를 말하는지 구별할 수가 없어서 내가 이거니 저거니 되물으면 아이가 또 내 발음을 못 알아듣는데 이건 정말 난감하다 못해 자존심 어쩌고를 말하는 것조차 사치스러울 정도였다.

결국 나는 1년만 채우고 도저히 내 영어 실력으로는 안 되겠다고 물러나고 말았다. 그 선생님이 네 영어 괜찮다고 아무 때나 다시 하겠다는 마음이 들면 전화하라고 했지만 인사치레로 들렸고 나의 구겨진 마음은 그것으로 끝이었다. 그 뒤에 이 나라 사람들끼리도 스펠링을 말할 때는 서로 잘 알아듣지 못하는 경우가 많아 a for apple, b for book 하는 식으로 단어를 붙여 말해준다는 것을 알고 나서 마음의 위로를 조금 받기는 했지만, 꽤 오랫동안 아이와 말할 상황이 되면 겁부터 났다.

아이의 말이 가장 알아듣기 힘들다면, 나의 경우 — 이것은 순전히 나만의 경우라고 할 수 있지만 — 교육받은 60대 이상의 사람들 말을 알아듣기가 가장 쉽다. 우선 발음이 거의 사전 그대로고, 속어를 안 쓰고, 젊은 아이들처럼 바람에 날려가듯 말하지 않기 때문이다. 물론 일부러 천천히 말해주기도 하지만, 우리가 배운 단어군을 사용하기 때문일 수도 있다.

말을 알아듣는 데 발음 말고 더 중요한 요소는 사실 그 말의 내용이다. 내용에 따라서 나의 듣기 실력을 스스로 감탄스러워할 정도로 기가 막히게 잘 듣거나 아니면 정말 말이 아니라 그냥 귀를 스치고 지나가는 소음처럼 한 마디도 귀에 걸리지 않는 말이 있다.

내가 가장 쉽게 잘 알아듣는 것은 목사님의 설교다. 내가 거의 아는 이야기로 이루어지기 때문이다. 물론 설교 중에 못 알아듣는 부분도 있다. 그것은 이곳 상황을 배경으로 하는 예화나 우스운 이야기 등이다. 이런 이야기를 들을 때 처음에는 무척 긴장했다. 나만 못 알아듣는 것 같아서. 그런데 얼마 지나고 보니 우습지 않다고 생각해서 안 웃는 사람, 또는 그 배경을 모르면 아무리 키위라도 무슨 말인지 우습지 않아 웃지 않는다는 것을 알고는 나도 내가 알아듣고 우스울 때만 웃을 수 있는 여유가 생겼다.

언젠가 아마추어 합창단 공연에 갔을 때 그 사회자가 농담을 했는데, 청중의 절반은 포복절도를 하고 나머지 반은 왜 웃는지 모르는 표정들이었다. 나를 데리고 간 할머니 말씀, 아이리시 농담인데 그곳 출신 아니면 알아들을 수 없는 농담이라고, 그러니 무슨 말인지 몰라도 신경 쓰지 말라고. 지금도 그 농담이 무엇이었는지 나는 물론 모른다.

그러니까 아는 이야기가 쉽게 잘 들린다. 모르는 이야기는 아무리 이곳에서 태어난 사람이라도 못 알아듣는 것은 우리와 같다. 중학생이 대학교수의 철학 강의를 못 알아듣는 것이 당연하듯이 영어도 변호사는 변호사끼리 쓰는 말이 있고 전기 기술자는 전기 기술자끼리 쓰는 말이 있어서 서로 분야가 다른 곳에 들어가면 아무리 키위라 할지라도 그 말이 무슨 말인지 모르는 것이다. 거기다가 연령, 교육, 직업, 태어난 곳 — 영국이라면 여기에 계층까지 들어가지만 — 이런 것들이 사용하는 단어군을 결정하기 때문이다.

강의를 들어도 원래 알고 있던 부분에 대해서는 신경을 곤두세우지 않아도 그냥 들리고 몰랐던 분야로 가면 미리 읽으라고 나누어준 글을 읽어가지 않는 한 대충 감으로 알아듣는 수밖에 없다. 미리 읽으라고 한 것과 상관없는, 강의 외적인 이야기를 하면 감도 잡을 수 없고. 이것은 일상 대화도 마찬가지다. 서로 잘 아는 사람들끼리는 무슨 말 하는지 알아도 상황을 모르면 말을 알아듣기가 쉽지 않다. 그래서 어느 그룹에 속하게 되면 일단은 줄곧 듣기만 한다. 그러다 보면 아, 무슨 말들을 하고 있구나 하는 감이 먼저 잡히고, 그러고 나면 그들이 하는 말을 듣는 양과 질이 한 단계 높아져 그러고 나서야 대화에 끼어들 수 있게 된다.

이렇게 영어에 대해 할 말이 많은 나의 영어 실력은 어떤가. 읽고 이해하는 속도는 여기 사람에 별로 뒤지지 않고, 듣는 것은 지금까지 말한 것 말고도 그날의 기분과 몸의 컨디션에 따라 신나게 들리다 말다 그러니까 거의 알아듣는 수준에서 소음으로 들리는 수준까지 일정치 않고, 쓰는 것은 웬만큼 써서 전화로 문의하는 것보다는 편지 쓰는 것을 선호한다. 그다음 아래 수준, 최하의 수준이 말하기다. 말하는 것 또한 내 몸의 컨디션에 따라 편차가 있다. 밤잠 설친 날은 단어조차도 잘 생각나지 않으니. 거기다가 상대방이 누구냐에 따라, 그 사람과 처음 말을 나누었을 때의 느낌에 따라 말이 풀리기도 하고 엉겨 붙기도 한다.

말하자면 처음 말을 하는데, 내 말을 잘 알아듣지 못하면 그 사람과는 말을 할 때마다 더욱 더 엉망진창이 되어가고, 처음에 내 말을 잘 알아들었던 사람과는 다음에도 마찬가지로 말하기가 쉽고 만날수록 말이 늘어난다.

어쨌든 영어로 인해 내가 내린 결론은, 언어 능력은 하나가 아니라 별개의 네 가지 능력의 합성이라는 것이다. 읽는 것이 재미있어 신날 때는 말 배우는 게 더딘 아이가 어느 날 갑자기 말문이 터지기 시작하는 것처럼 내가 영어로 술술 말하는 날이 오리라는 꿈을 꾸기도 하는데, 글쎄올시다.

# 어린이는 쉽게 배운다?

영어 쓰는 나라에 가서 살면 유치원 다닐 나이의 아이는 일주일, 초등학생은 한 달, 중학생은 석 달이면 말하는 데 문제없다고 서울서 들었다. 누가 그런 말 했는지는 기억나지 않지만. 우리 아이는 만 여덟 살 반에 이곳에 왔다.

들은 말이 있어 그냥 한두 달 지나면 영어문제는 해결될 줄 알았다. 그런데 몇 달 지난 뒤 아이는 우리나라 책을 학교에 가지고 가서 읽어도 되느냐고 물어보았다. 이유는 선생님이 책 읽어주는 시간에 너무 지루하고 졸리다는 것이었다. 물론 말도 못 알아들으면서 앉아 있는 것은 고역이겠지. 그래도 조금만 참으면 된다고 달랬다.

7월 말에 여기에 와서 2주 다니니까 2주 방학이 되고 그리고 다시 10주 다니고 한 달 반 방학 기간을 거쳐 학년이 바뀌었다. 개학 전날 아이가 나에게 부탁했다. 자기가 영어를 아직 못하니까 선생님에게 숙제

내주지 말라고 말해달라고. 그러마고 그 다음날 개학 첫날에 가서 선생님께 아이가 원하는 대로 말했다. 선생님의 대답은 'No Problem'. 그러나 나는 속으로 'Yes problem'이라는 생각을 하지 않을 수 없었다.

아이를 이곳에 데리고만 오면 영어를 저절로 하리라고 생각했던 것은 착각이구나 싶고, 언제 아이가 영어를 이곳 아이만큼 할 수 있으려나, 이곳 아이와 똑같이 영어를 할 수 있게 되기는 하려나, 다른 한국 엄마들처럼 아이에게 영어 과외를 시켜야 하나 등 머리가 복잡해졌다. 서울서도 안 시키던 과외공부를 여기서 해야 하나 고민하고 있는데, 우리 아이보다 큰 아이, 작은 아이가 있는 이웃 엄마가 큰 아이 중학교 ESL(English as a Second Language) 선생님에게 아이들 과외를 시키고 있다면서 우리 아이를 함께 시켜도 좋다고 해서 곁다리로 붙어서 공짜로 공부했다. 한 달 정도로 끝나긴 했지만.

그러고 나니 왜 우리 아이가 다니는 초등학교에는 ESL 시간이 없을까 불만족스러웠다. 학교에서 알아서 가르치면 내가 쓸데없는 고민을 하지 않을 텐데. 나 같은 부모의 요구가 있었는지, 아니면 이민 온 학생들이 점차 늘기 시작해 학교에서 필요를 느꼈는지, 학교에서 방과 후 교실을 빌려주고 가르칠 선생님도 주선해주는 대신 학부모가 그 교습비를 내는 프로그램을 만들었다. 옳다구나 하고 신청했다. 나이가 지긋한 부부 선생님이었는데, 아이가 한 달 하더니 별로 할 필요가 없다고 해서 그 공부도 끝이 났다. 나도 아이도 과외를 하는 데는 영 취미가 없어 이것이 공식적인 영어과외의 마지막이었다.

텔레비전을 보면 듣기에 도움이 된다던데 우리 아이는 텔레비전도 보지 않았다.

"텔레비전 재미없어서 안 봐."

"만화영화 보면 되잖아. 좀 봐."

"만화영화에도 말이 나오잖아."

"그러면 〈톰 앤 제리〉는 말 안 나오니까 그거라도 보면?"

이쯤 되면 내가 아이에게 텔레비전 보라고 권하는 의미가 뭔지 헷갈린다. 대사가 없는 〈톰 앤 제리〉를 보았자 듣기 연습이 될 리 만무한데.

그랬는데 뉴질랜드에서 1년 반 되던 방학, 아이에게는 두 번째 긴 여름 방학 때 갑자기 텔레비전 앞에서 떠날 줄을 몰랐다. 하다못해 에어로빅, 요리강습까지 보면서 하루 종일 텔레비전에 붙어 살았다. 갑자기 들리기 시작한 모양이지 하고 내버려두었다.

그다음 걱정은 읽기였다. 한국에서는 50권짜리 전집을 사주어도 일주일이 못 가서 다 읽어치우고는 새 책 타령을 하던 아이였는데, 한국어 책은 여전히 읽고 있지만 영어 책은 손도 안 댔다. 생각해보니 영어 책이 재미있을 리가 없었다.

박완서의 자전소설 『그 많던 싱아는 다 어딜 갔을까』를 재미있다고 읽는 수준으로 그만한 수준의 영어 책을 읽을 실력은 안 되고 영어로 읽을 수 있는 수준의 책은 시시하니까. 영어 공부를 저절로 할 줄 알고 이곳에 데리고 왔는데, 그나마 잘 읽던 책마저 손을 놓게 만들었나 싶어 속으로 은근히 걱정했다. 한국 책도 읽고 또 읽고 지겨운지 책 안 보는 날이 슬슬 늘어나기 시작했으니.

보거나 말거나 도서관에서 책을 몇 권 빌려와 봐도 '재미없어' 그 한 마디면 끝이다. 책이 재미없으면 읽기 싫은 것은 자명한 이치다. 공부하라고 다그치는 능력이 없는 나는 책 읽으라고 닦달하는 실력도 없었다. 그전에도 자기가 좋아서 책을 들이판 거지 내가 읽으라고 한 적이 없었으니.

그래도 꾸준히 도서관을 들락거리며 나는 아이 책을 고르고 아이는 또 재미없는 책 고르나 보다 하는 표정으로 빙빙 돌았다. 어느 날인가 아이가 잡지 칸에서 말에 관한 잡지를 들여다보기에, 옳다구나 하고 그 잡지를 있는 대로 다 빌렸다. 스무 권 가까이 빌려온 잡지를 들고 들어가서 10분도 안 되어 다 보았다고 내놓는 아이를 보고 "어떻게 벌써 다 보았니?" 소리가 나오지 않을 수 없었다.

"사진만 봤어." 아이의 대답.

한숨이 나왔지만 그래, 사진이라도 봐라 하는 심정으로 말에 관한 잡지는 모두 빌려다 주었다. 영국·미국·호주에서 들어오는 잡지의 종류가 많아 다행이었다. 다 읽었다고 집어던지는 시간이 느려지기 시작했다. 사진 밑에 캡션을 읽고 제목 정도 읽어보는 눈치였다.

그러더니 어느 날인가 70~80페이지짜리 페이퍼북을 하나 들고 와서 빌리자고 했다. 포니 클럽을 중심으로 여자아이들의 우정과 경쟁을 그린 시리즈물인데, 그때 벌써 50~60권째 나온, 말 좋아하는 아이들 사이에 인기 있는 책이었다.

그 책을 처음에는 어렵사리 일주일쯤 걸려서 읽어냈다. 같은 작가의 책은 읽으면 읽을수록 쉽다. 한 작가가 구사하는 단어의 양과 늘 사용하는 단어군이 정해져 있기 때문이다. 그래서 그런지 아이의 책 읽는 습관이 다시 살아났는데, 그 시리즈를 1권부터 있는 대로 빌려와서 읽어 젖히기 시작하더니 새로 나오는 책을 사 모으는 게 일이었다.

이 나라에서는 워낙 도서관 이용이 쉽기 때문에 서울서 상당부분 차지했던 아이의 책값이 전혀 들지 않아 좋다고 생각했던 나는 조금만 기다리면 도서관에 들어올 텐데 그걸 못 참고 용돈을 다 털어 그 책을 사 모으는 게 아까웠다. 그래도 그렇게 해서라도 책을 보는 게 고마웠다. 우리 아이는 8년 전에 30권 정도 사 모은 그 책을 아직도 간직하고 있다. 가끔 중고 책방에 팔까 하면서도. 나도 그 책이 우리 아이에게 다시 읽는 즐거움을 준 책이기 때문에 감히 팔아버리라고 말을 못한다.

그 시리즈물을 하나씩 기다리는 사이에 내가 빌려다 준 책이 엄청나다. 처음에는 무슨 책을 빌려야 하나 하고 고민을 좀 했다. 아이들 책 서가를 왔다 갔다 하다 보니 우리 아이가 한국에서 번역본으로 읽었던 책들이 눈에 띄었다. 그래서 그런 작가들이 쓴 책을 쓸어다 주었다. 한국에는 보통 한두 권 번역된 작가의 책들이 열 몇 권이 넘기 때문에 어떤 때는 서가 한 줄을 거의 다 빼내왔다.

이런 책들을 실컷 읽고 우리 아이 하는 말,

"엄마, 한국말로 쓴 책은 한국말로 읽어야 하고, 영어로 쓴 책은 영어로 읽어야지 번역된 것 읽으면 안 되겠어."

"왜?"

"너무 많이 빼먹고 번역했거든, 적당히. 그래서 재미가 없어."

그 말을 들으면서 난 현암사에서 『헨리와 말라깽이』라는 책을 그 당시 초등학생이었던 신영이라는 아이가 번역하여 출판한 이유를 확실히 알았다. 우리 아이도 그 책을 쓴 비벌리 클리어리의 책을 몽땅 적어도 열 번씩은 읽었다.

내가 아는 작가들 책이 더 이상 남아 있지 않아 그다음에는 서가 A 칸부터 차례로 뽑아 빌려다 주었다. 물론 빌려다 준 책을 우리 아이가 다 읽은 것은 아니다. 앞에 몇 장 정도 읽어보고 재미없으면 집어던진다. 그러다 보니 나도 우리 아이가 어떤 책을 좋아하는지 책 표지만 봐도 대충 알게 되었고, 또 내가 읽히고 싶지 않은 내용의 책은 아예 빌려오지도 않았지만, 아이가 읽지 않고 던지는 일에 신경을 쓰지 않았다. 그 책 아니라도 얼마든지 책을 빌려다 줄 수 있으니까. 이것이 내가 뉴질랜드에 사는 즐거운 이유 중 하나다.

아이의 읽는 속도가 점점 빨라지다 못해 가속도가 붙어 방학 때는 하루에 400~500페이지 되는 책들(이미 아동물을 지나 청소년을 위한 서가에서 빌려온)을 한 권 반 정도씩 읽어 젖혔다. 제발 그만 읽고 자라고 사정하거나 책 한 권만 읽고 오늘은 그만 보라고 야단치는 것이 일이었다. 그렇게 2년을 읽었더니 도서관에서 더 이상 빌려올 책이 없었다. 또 좋아하는 책은 이미 열 번 이상 읽었으니 합해서 500권은 좋이 넘었다.

그 정도 읽었으면 쓰는 것이 문제없어야 하는데, 한국으로 쳐서 중1에 아직 가끔 시제가 틀린다거나 하는 등 완전하지가 않았다. 선생님과 면담하는 날 내가 그 걱정을 했더니, 선생님은 여기서 태어난 아이들도 말을 멀쩡히 하면서 글 쓰는 것은 엉망으로 한다, 그러니 걱정 말라고, 너희 아이는 문제가 없고 아직 당연히 그럴 나이라고 한다.

그 말이 조금 위로가 되면서도 아직 글 쓰는 데 틀리는 게 있다는 것이 우리나라 수준으로는 영 아니라는 느낌이 들었다. 선생님 말을 믿고 점차 문법적으로 틀리는 일이 없어지리라고 생각할 수는 있었지만 그렇게 책을 읽고도 아이가 글 쓰는 내용이 너무 빈약하다는 생각을 하지 않을 수 없었다. 한글로도 글은 아무나 잘 쓰는 것이 아니니까라는 것이 기껏 나 스스로 위로할 수 있는 말이었다.

그런데 그다음 해 아이 방을 청소하다가 방바닥에 흩어져 있는 글을 보고 충격을 받았다. 학교 숙제로 쓴 단편소설인데, 아, 이제는 나의 수준을 넘어간 정도가 아니라 내가 도저히 따라갈 수 없는 곳에 아이가 가버렸구나 하는 느낌이 들었다.

그 이후로 내가 글을 쓰면 여전히 틀리는 관사와 전치사 등을 고쳐달라고 아이에게 교정(proofreading)을 부탁한다. 내가 처음에 이곳에 오면 듣고 말하고 읽고 쓰는 데 아이의 영어가 자유로워지는 데 최대로 걸리는 시간이라고 생각했던 6개월이 이렇게 4년 걸렸다.

# 영 어 이 야 기 두 가 지

:: 'why not'과 '왜 안 그러겠어'

뉴질랜드에 온 지 얼마 되지 않았을 때였다. 한 1년 정도 되었을까. 아이가 내가 무엇을 물어볼 때마다 '왜 안 그러겠어'라고 대답하기 시작했다. 내가 '밥 먹을래' 하고 물어보면 '왜 안 먹겠어'라고 대답한다거나 '도서관 갈래' 하면 '왜 안 가겠어' 하는 식이다. 몇 번은 그냥 들어주었지만, 계속 그렇게 대답하는 데 화가 나기 시작했다.

너 무슨 말버릇이 그러냐, 엄마가 네 의견을 물어보면 '예' 하든지 '아니요' 하든지 둘 중 하나지 '왜 안 그러겠어'라니, 왜 그렇게 버릇없이 말하냐고 화를 냈다.

그런데 가만히 앉아서 야단맞는 아이의 표정은 자기가 왜 야단을 맞는지 모르고 엄마가 화를 내니까 그냥 알았다고 해주는 것 같았다. 야단을 맞으면서도 자기가 잘못한 것도 모르다니 더욱 괘씸한 생각이

들었지만 거기서 참았다.

　그런데 어느 순간 아이가 왜 모르겠다는 표정을 할 수밖에 없었는지 깨달았다. 아이가 '왜 안 그러겠어'라고 말한 것은 한국말이 아니었다. 그것은 'why not'을 한국말로 그대로 옮긴 말이었다. 영어를 배우고 있는 아이가 영어를 그대로 한국말로 옮겨 써먹다가 혼난 거다. 무식한 엄마에게.

　우리말을 그대로 영어로 옮겨놓아 콩글리시가 되듯이 영어를 그대로 우리말로 옮겨놓으니 예의 없는 말이 된 거다. 다시 아이를 붙잡고 설명했다. 화를 내서 미안하다고 먼저 사과하고, 내가 네 말이 영어를 한국말로 옮겨놓은 걸 이제 알았다, 그런데 한국말로는 너처럼 이야기하는 것이 무척 버릇없는 말이고 특히 어른에게는 그런 식으로 대답하면 안 된다. 아이는 그때서야 알아듣는 것 같았다. 그다음부터는 아이가 한국말을 해도, 물론 지금까지 나하고는 한국말만 하지만, 그 말이 정말 한국말인지 아니면 영어식 표현을 한국말로 하는 건지 생각해본다.


:: anemia, amnesia

　속이 답답한데 트림도 잘 나오지 않고 자다가 깨는 일이 많아졌다. 배도 고프지 않았다. 이곳에 온 지 3~4년쯤 되었을 때의 일이다. 한두 주일 참다가 병원에 갔다. 속이 답답하다. 얹힌 것 같다. 명치끝이 답답하다 등을 도대체 영어로 뭐라고 말해야 하나 난감한 생각에 한영 사전을 들고 갔다. 내가 말하는 것을 못 알아들으면 사전을 찾아 이것이다라고 보여주려고. 다행히 의사가 아주 친절한데다가 내가 하는 말을 다 알아들어서(이것이 아주 중요하다. 내가 열심히 말했는데 상대방이 무슨 말인지 모르겠다는 표정을 지을 때처럼 난감하고 말문이 막히는 일이 없다) 사전을 펼쳐 보이지 않아도 되었다.

의사는 진찰을 하더니 위에 염증이 있을 수도 있으니 내시경 검사를 하는 게 좋겠다고 했다. 나는 내시경 검사를 해본 적이 없지만 남편이 서울서 내시경 검사하고 나서 엄청 고생하고 그 이후 정말로 위가 나빠졌다고 생각했기 때문에 하지 않겠다고 했다.

의사는 웃으면서 '너 chicken(겁쟁이)이구나'라고 했다. 닭띠인 나는 '그래, 난 정말 치킨이다'라고 하면서 띠에 관하여 설명해주고 웃어넘기려 했지만, 의사는 어린아이도 검사하는데 뭘 겁내냐고 내시경을 받아보라고 계속 권했다. 더구나 내 눈꺼풀 안쪽이 핏기가 없이 너무 하얀 걸로 보아 빈혈이 있는 것 같은데, 그것이 혹시 위에 출혈이 있기 때문일 수도 있다면서. 계속 도리질했더니 일단 피검사를 받으라고 했다. 그래서 빈혈임을 정확히 알기 위하여 부족할지도 모르는 피를 다시 좀 뽑아주고 왔다.

며칠 지나지 않아 의사가 직접 전화를 했다. 내 피 속에 철분 수치가 정상인의 절반도 안 될 정도로 지극히 낮다고 하면서 당장 병원에 오라고 했다. 약간 놀랐지만 빈혈이야 평생 달고 다니는데 뭘 하는 심정으로 병원에 갔다. 의사는 다시 내시경 검사를 하자고 졸랐다. 그래서

그러면 하자고 했더니 사립병원에 가면 당장 검사할 수 있지만 검사
비를 700달러쯤 내야 하고 아니면 자기가 국립종합병원에 의뢰하여
서너 달 기다리면 검사받을 수 있다고 말해주었다. 내가 꼭 검사를 받
아야겠다고 한 것도 아닌데 급할 일 없다 싶고 공짜로 검사할 일을 돈
내고 하기도 아까워 기다리겠다고 했다.

　그리고는 꿀을 사서 먹기 시작했다. 이 나라에서는 미국에 꿀을 많
이 수출하는데, 그해 미국의 꿀 농사가 풍년이라 꿀 수출이 줄어들어
이 나라 꿀 값이 아주 헐했다. 1kg짜리 6개들이 한 박스를 50달러에
사와 아침마다 공복에 한 숟가락씩 퍼먹었다. 처음에는 티스푼으로
하나 떠먹고도 속이 아렸다. 그러거나 말거나 계속 먹었더니 한 일주
일 지나 괜찮아져서 그다음부터는 밥숟가락으로 하나씩 푹 퍼서 먹었
다. 그러고 나서 배가 고프면 물 한 컵 마시고 다시 배가 고프면 뭔가
를 먹기 시작했다. 그전엔 도통 배가 고프지 않았는데, 꿀을 먹고부터
배가 고파지는 것이 고마워 나로서는 드물게 꾸준히 먹었다. 다섯 통
째 먹고 있는데 병원에서 내시경 검사하러 오라는 연락이 왔다. 사전
을 들고 갈까 하다가 그냥 갔다. 내가 왜 검사받을 필요가 있는지는 이
미 나의 의사가 소견서를 보냈을 테고 나는 이미 정해진 검사를 받을
테니 별로 말이 필요 없을 거라고 생각했다.

　간호사가 검사하기 전에 적어야 할 것들이 있다고 하면서 차트를
들고 나와 마주앉았다. 나이·이름 등 인적사항을 묻고, 당뇨가 있냐
는 등 병력에 관하여 묻고 나서는 왜 이 검사를 받으러 왔느냐고 물었

다. 이것은 전혀 예상치 않은 질문이었다. 내가 왜 검사받으러 왔는지 모르다니. 내 의사가 보낸 기록이 이 사람들에게 없나 싶어 되물었다. 내 의사가 왜 검사받아야 하는지 이유를 보내지 않았느냐고. 그랬더니 그것과 상관없이 또 기록하는 거라고 했다. 빈혈 때문이라고 대답하려고 생각해보니 빈혈이라는 단어가 생각나지 않아서 피가 부족하다고 말했다.

그런데 간호사가 무슨 말인지 못 알아듣는다. 말하는데 상대방이 무슨 말인지 모르겠다는 표정을 지으면 말이 엉겨 붙기 시작해서 더욱 더 바보같이 더듬거리게 된다. 빈혈이라는 단어를 알기는 했는데, a, n, m 자가 들어가는 것은 알겠지만 정확한 단어가 생각나지 않았다. 한참 끙끙거리다가 amnesia라고 대답했더니 간호사가 진지하게 그러냐고 하면서 그 단어를 적어 넣었다. 나는 속으로 그런 단어가 있나, 아니면 내가 무안할까 봐 그냥 내가 발음한 대로 적어 넣나, 빈혈이라는 단어에 s자는 분명히 없었는데, 에이 모르겠다. 어쨌든 내시경 검사하기로 하고 왔으니 내가 무슨 단어를 말했건 검사만 받으면 되겠지 하고 생각했다.

검사대에 누웠더니 마취제는 아니지만 신경안정제를 주사 놓는다고 하면서 하나 둘 셋을 세라고 했다. 나는 손등에 주사바늘이 들어가는 것을 느끼고는 의식을 잃었다. 한숨 푹 자고 나니 회복실이었다. 나보다 나중에 검사받은 아주머니가 나보고 이제 깼느냐고 하면서 괜찮으냐고 물었다. 신기하게도 나는 아무렇지도 않았다.

그 아주머니는 목구멍이 아프다면서 투덜거렸다. 내가 당신은 자지 않았냐고 물으니 잠은 무슨 잠이냐는 것이었다.

나는 주사 맞고 한숨 자고 일어나니 개운한데 저 아줌마는 좀 투덜이 스머프 같다고 생각했다. 간호사가 오더니 잠시 기다리라고 하고는 검사 결과를 주었다. 위가 그려져 있고 십이지장과 위를 검사했는데 깨끗하다는 것이었다. 그러면 그렇지 꿀이 효과가 있었나 보다 생각했다. 집에 와서 남편에게 자고 깨어나니 회복실이더라고 말해주었더니, 어째 아무렇지도 않으냐면서 검사를 하기는 했냐고 물었다. 그러고 보니 나도 좀 이상하긴 했다.

며칠 후였다. 책을 읽는데 amnesia라는 단어가 나왔다. 그 책을 보는 순간 어머 진짜 이런 단어가 있네 놀라서 사전을 찾아보았다. 의미는 기억상실증, 또는 건망증이었다. 혼자서 웃지 않을 수가 없었다. 빈혈이라고 말한다는 게 기억상실증이라고, 아니면 건망증이라고 대답한 셈이니, 또 그때 그 간호사가 진지하게 끄덕이던 것도 생각나고 이건 완전 코미디였다. 그날 저녁 남편에게 낄낄거리며 그 이야기를 했더니 하는 말, "그 사람들이 당신 내시경 검사한 게 아니라 뇌시경 검사한 거 아니야? 아니면 아예 검사를 하지 않았거나. 목도 안 아팠다며"라고 놀렸다.

글쎄, 나도 내가 검사를 받은 건지 잘 모르겠다. 확실한 것 한 가지는 내가 이제는 'anemia(빈혈)'과 'amnesia(기억상실증)'이라는 단어를 절대로 잊어버리지 않게 되었다는 사실이다.

# 콩글리시가 아니라 코리언 잉글리시

우리 아이의 학교 선생님들이 다 뉴질랜드 사람은 아니다. 중학교 2학년 때의 담임 선생님은 캐나다에서 왔고 무슨 과목 담당인지 기억 안 나지만 아일랜드에서 온 선생님도 있었다. 작년에는 지리 선생님이 영국사람이었는데, 학년 중간에 영국으로 돌아가 버렸다. 그 선생님을 아주 좋아했던 우리 아이는 그 과목을 더 이상 열심히 공부하지 않았고, 나는 속으로 조금만 더 있다가 학년이나 마친 다음에 가지 하고 아쉬워했다. 중학교 때 캐나다 선생님도 2년 있다가 다시 캐나다로 돌아갔다. 이 나라에 선생님이 부족해서란다. 이 나라 선생님들도 영국이나 다른 나라로 취직해서 떠나기 때문이다. 같은 영어를 쓰는 나라들이니 그럴 수 있겠다 싶고, 젊은 나이에는 이 나라 저 나라에 취직하여 돈도 벌고 여행도 하는 것이 영어권에 태어난 사람들이 누리는 특혜가 아닐까 싶다.

젊은 시절 영국 등 서구의 식민주의에 대해 열을 올리고 비판했지만, 그 때문에 세계에 퍼져 세계어가 되어버린 영어 덕을 영어권 젊은 이들이 누린다고 해서 새삼스레 다시 열을 올릴 나이는 아니고. 어쨌든 그로 인해 그들이 누리는 자유로움이 부럽다.

다른 나라에서 온 선생님을 만나면 우리 아이가 하는 말이 있다. "그 선생님 발음이 이상해." 아일랜드에서 온 선생님의 발음을 흉내 내며 우스워하기도 했다. come here를 '콤 혀'라고 발음한다는 것이다(물론 한글 발음식의 혀가 아니라 혀와 효 사이의 소리다).

미국 영어만 영어인 줄 알고 듣던 나에게는 BBC 표준 영어, 하층민 영어, 아일랜드 영어, 스코틀랜드 영어, 미국 영어, 호주 영어, 그리고 뉴질랜드 영어가 이렇게 서로 다른 줄 몰랐다. 이 나라 텔레비전은 스카이라는 유선 방송 빼고 채널이 4개인데, 자기네가 만드는 드라마가 거의 없기 때문에(하나뿐이며 몇 년에 한 번씩 가끔 시리즈물을 만든다) 영국, 미국, 호주에서 만든 드라마를 방영한다.

덕분에 각 나라에서 온 프로그램을 보면서 영어가 서로 얼마나 다른지 특히 발음이 얼마나 다른지를 느끼면서 우리나라 드라마를 볼 때 사투리를 즐기듯이 즐기는 것은 드라마 자체가 주는 즐거움 외에 덤으로 따라오는 즐거움이다. 그리고 드라마에서 경상도 출신 탤런트가 전라도 사투리를 한다든지 서울 출신이 경상도 사람 역을 하면 어색하듯이, 영어로도 남의 동네 영어를 흉내 내면 정말 못 참아줄 일이다.

영화 〈데블스 오운(Devil's Own)〉에서 브래드 피트가 북아일랜드의

IRA 테러요원으로 미국에 자금줄과 선을 대러 가서 북아일랜드에서 온 사람임을 나타내기 위해 아이리시 영어 발음을 하는데, 그 흉내 내는 가짜 발음이 정말로 우스워서 영화감상에 무척 방해가 되었다.

이곳에 산다고 해도 영어로 말할 일이 별로 없지만 듣는 것은 텔레비전이나 라디오를 통해서 노상 들으니까, 말하기 실력은 모르겠지만 듣기 실력은, 그중에서도 지금 이 사람이 하는 영어가 어디 영어다 싶은 것을 구분하는 실력은 생겼다고 할 수 있다. 이 실력을 써먹을 데가 있을지 모르지만.

방영을 중단하겠다고 발표했다가 전국적으로 서명운동을 벌이는 등 항의가 빗발쳐서 계속 방영하는 영국 드라마 〈코로네이션 스트리트〉가 있다. 드라마 제목이 암시하듯이 코로네이션 거리에 있는 가정들과 그중에서도 그 거리에 있는 펍(영국 선술집)을 중심으로 일어나는 소위 서민들의 애환을 다룬 드라마다.

이 드라마를 처음 보았을 때 나는 무슨 말들을 하고 있는지 거의 못 알아들었다. 그래서 보는 걸 포기했다. 그런데 할머니들이 그 드라마를 놓치면 큰일 나는 것처럼 제시간에 못 볼 경우 녹화까지 해놓는다는 것을 알고는(그 할머니가 영국에서 이민 온 할머니라면 고향에 대한 향수 때문에 그런다고 이해하겠는데, 네덜란드에서 남아프리카를 거쳐 한 30년쯤 전 뉴질랜드에 이민 온 할머니가 너무 재미있어 하기에) 나도 다시 몇 번을 보았다.

정 볼 게 없으면 그냥 멍청히 화면만 보기도 하면서 어쩌다 한 번씩 그렇게 보았는데, 어느 날부터인가 그 드라마 속의 대사가 들리기 시작했다. 들리기 시작하니 그들의 발음이 얼마나 BBC 표준 영어와 다른지 우리나라 드라마 볼 때 우스운 사투리 들으면 우습던 것과 마찬가지로 혼자 쿡쿡 웃으면서 실없이 따라 해보게 되었다. 그러니까 영어 발음은 나라에 따라 또는 우리나라에 사투리가 있듯이 지역에 따라서만 발음이 다른 게 아니었다.

이 드라마에 나오는 배우들이 영국의 상류층을 배경으로 하는 드라마에는 거의 등장하지 않고, 등장한다 해도 그 속에서도 역시 하층계급 출신으로 나온다는 것을 어느 순간 발견했다. 계층에 따라 쓰는 영어가 달라지기 때문이다.

그리고 보니 〈마이 페어 레이디〉에서 꽃 파는 아가씨 오드리 헵번이 말하는 영어를 상류층 영어로 고치기 위해 언어학자가 기계까지 동원해 모음 발음을 교정하는 장면이 그냥 우습자고 있는 장면만은 아님도 알게 되었다. 그 영화는 계층에 따라 영어가 얼마나 다른지, 완전히 다른 언어이기나 한 것처럼 그 발음체계, 특히 모음발음 자체가 다르다는 것을 여지없이 보여준다. 그렇게 발음에 따라 계층을 확연히 보여주고 그 발음을 교정하는 것이 오드리 헵번처럼 반강제로 발음연습을 당하지 않는 한 힘든 일이기에 배우들이 출신계층에 따라 등장하는 드라마가 달랐다.

사극에서 왕족이나 귀족으로 출연하는 배우들은 거의 정해져 있었다. 〈코로네이션 스트리트〉에 등장하는 배우들은 사극에선 찾아볼 수 없다. 의사나 변호사 등 현대 교육에 의하여 신분이 상승한 역을 맡는 데까지는 가도. 그들의 발음은 어쩔 수 없기 때문이지 싶다.

그런데 재작년인가 작년인가에 〈코로네이션 스트리트〉 35주년 특집 프로그램이 방영되었다. 드라마가 35년을 장수하며 시청자의 식지 않는 사랑을 받았다는 자체만으로도 대단하지만, 그 드라마를 예닐곱 살 때 보며 자란 아이들이 다시 그 드라마 속에 등장하여 자기가 어릴 때 보았던 그 드라마에 관해 이야기하는 것을 들으면서, 이렇게 질긴 변함없음이 아직도 영국에 계층이 있게 하는 이유인가 생각하게 되었다.

각설하고 다시 발음 이야기로 돌아가서, 35년 전 시작할 때 등장인 물의 발음이 지금 등장인물들의 발음과 또 달랐다. 비전문가인 나의 귀의 판단이긴 하지만 35년 전 배우들은 BBC 표준 발음이었다.

이건 또 어쩐 일인가 싶어 곰곰이 생각해보았다. 내가 생각한 가설 몇 가지. 그때는 계층 간에 발음 차이가 크지 않았다. 이 가설은 〈마이 페어 레이디〉를 생각하면서 아니라는 생각이 들었고, 그렇다면 그때 는 텔레비전 초창기라서 탤런트가 따로 없어 연극배우들이 텔레비전 에도 출연했을 테고, 연극은 대사 전달이 중요하기 때문에 그 배우들 이 발음 훈련을 받아서 그런 건지, 아니면 BBC에서 처음에는 모든 방 영 프로그램에 표준 영어만을 사용하기로 결정했었기에 표준 영어를 발음하는 사람만 등장시킨 것인지. 1960년대 영국 텔레비전 드라마 역사에 대해서 무식한 그리고 언어학에 관한 문외한인 나 혼자만의 머릿속 유희였다.

　　이러한 관찰 결과 나는 한국식 영어 발음을 하면 된다는 배짱만 늘었다. 내가 혀를 꼬부려 미국식 발음을 할 수도 없지만 할 필요도 없다. 영어를 쓰는 나라에 태어난 사람들끼리도 저리 다른 발음들을 하고 때로는 서로 알아듣지 못하는데 내 식으로 발음하면 되지 싶다. 그렇다고 아무렇게 하는 것이 아니라 우리나라 중학교 고등학교 선생님들이 영어 쓰는 나라에 한 번 가보지 않고, 아니 영어 쓰는 사람과 한 번 말해보지 않고도 장하게 가르쳐주신 그 발음기호에 따라 말하면 되지 싶다. 이건 콩글리시가 아니라 코리언 잉글리시다.

# 노라고 말할 때, 예스라고 말할 때

내가 키위하고 이야기할 때 가장 어려운 것은 상대방의 이름을 부르는 일이다. 우선 인사할 때 이름을 불러주는 것이 예의인데, 동방예의지국에서 온 내가 다 큰 어른의 이름을 어떻게 '안녕, 아무개야'라고 부를 수 있을까. 사실은 이런 생각 하며 못 부르는 게 아니라 그냥 입이 떨어지지 않을 뿐이다.

이름을 부른다는 것은 그 사람의 이름을 기억하고 있는 최소한의 성의를 보여주는 것인데, 이름을 부르지 못해 끙끙거리다 다시 설명한다. 나는 어른의 이름을 부르지 않는 문화에서 살다 왔기에 이름 부르는 게 익숙지 않다고.

그러면 누구나 한결같이 이렇게 묻는다. "이름을 안 부르면 뭐라고 부르는데?" 누구의 엄마 또는 아버지라고 부른다는 설명까지는 하겠는데, 아이들이 아줌마 아저씨라고 하는 것은 뭐라고 번역해주어야 할지 난감해진다. 안트와 엉클이 아닌 사람을 안트와 엉클이라고 부른다고 이야기하기도 그렇고, 그래서 우리는 호칭을 빼고 그냥 인사하고 말하는 경우가 더 많다고 말해준다.

이것은 순전히 나의 경우고, 남편은 여기 사람처럼 이름을 잘 불러준다. 그런데 이곳 생활 초기에는 가끔 이름을 틀리게 부르는 실수를 했다. 워낙 이름을 기억하지 못하기도 하지만 키위가 우리 이름 외우기 힘들어하는 것과 마찬가지로 우리도 영어 이름을 기억하는 일이 쉽지 않기 때문이다. 그런데 차라리 안 부르는 것은 중간이나 가지, 틀리게 부르는 것은 빵점이 아니라 마이너스다.

그래서 나는 이름을 소리 내어 부르지도 못하는 주제에 이름을 처음 듣고 나면 그다음 대화는 건성이고 이름을 속으로 몇 번 되뇌며 외웠다. 그래도 이름과 실제 인물이 뒤죽박죽 섞이기도 하고 '누가 그 사람 알지' 할 때 누구를 말하는지 몰라 당황하는 일이 없어지는 데는 꽤 오랜 시간이 걸렸다.

그리고 나는 질문을 받고 예스와 노를 대답할 때 노라고 말해야 할 상황에서도 좀처럼 노 소리를 하지 못한다. 특히 부정의문문으로 물어볼 때는 제대로 대답하기가 어렵다. 부정의문문에 대해서도 우리는 그 물음 자체에 긍정을 하면 예라고 대답하지만 영어로는 내 대답의 내용 자체가 긍정이어야만 예스를 하고 아니면 노라고 해야 한다. 이게 왜 이렇게 어려운지, 내가 언제나 예스라고 대답하고 다시 대답을 부정으로 이야기하니 처음 만나는 사람은 헷갈려한다. 어느 친구가

너는 늘 예스만 한다고 지적하기에 우리말에서는 부정문으로 물어보
아도 그 물음에 긍정이면 예스라고 대답하니까 나의 예스는 노일 때
도 있다고 설명했더니 웃었다. 그 웃음이 알아들었다는 의미인지 아
닌지는 잘 모르겠다.

예스 노를 제대로 하지 못한다는 것에 신경을 너무 쓴 나머지 용감
하게 노라고 대답했다가 큰 실수를 한 이후로는 더욱 더 노라는 대답
을 하지 않게 되었다.

이곳에 온 지 1년 정도 지났을 때였다. 우리 아이가 회원으로 있는
걸스 브리게이드에서 엄마와 딸만을 위한 캠프를 간다고 했다. 어른
들 말은 그런대로 알아들어도 아이들 말은 도무지 무슨 말인지 알아
듣지 못할 때였다. 엄마로서의 의무를 다하기 위해 2박 3일의 캠프를
용감하게 따라갔다. 도착하자마자 쪽지를 하나씩 나누어주는데, 이름
이 하나 적혀 있었다. 캠프 기간 내내 내가 그 이름에 대한 천사라는
것이다. 천사로서 그 사람 모르게 그 사람에게 잘해주어야 한다. 그러
니까 나에게도 누군가 천사가 되어 나에게 잘해주리라는 것은 당연한
일이었다.

영어로 supper는 저녁식사라고 알고 있었다. 그런데 이 나라에서는
supper가 저녁식사가 아니라 저녁 이후 한두 시간 후에 먹는 밤참이
라는 것을 이 캠프에서 처음 알았다. 캠프에서 하루에 먹는 횟수는 여
섯 번이었던 것이다. 이 캠프에서만 아니라 그 후 이런저런 캠프나 모
임에 가면 그 횟수를 안 채우는 곳이 없다. 아침 먹고 점심 전에 브레

이크 타임이 있어서 차와 함께 케이크나 머핀 등을 먹고, 또 점심과 저녁 사이에도 브레이크 타임이 있고, 저녁 먹고 난 다음에는 자기 전에 서퍼를 다시 먹었다. 먹는 거라면 남 못지않게 좋아하는데, 하루에 여섯 번 먹는 것은 도저히 따라갈 수 없었다. 하루는 지지 않고 때마다 하나라도 먹었지만.

문제는 먹는 시간마다 어떤 아이가 나에게 친절을 베푸느라고 먹을 것을 권하는 거였다. 그 아이는 나의 천사임이 분명했다. 천사가 권하는데 안 먹을 사람 있나. 주는 대로 먹는데, 사흘이 되니 도저히 뱃속이 편치 않아 아무것도 먹고 싶지 않았다. 그래도 브레이크 타임에 혼자 청승맞게 방에 남아 있을 수 없어 식당에 들어갔는데, 그 천사가 웃으면서 뭔가를 물어본다. 나는 순간적으로 또 먹을 것을 권한다고 생각하고는, 잘 듣지도 않고 노라고 대답했다. 그 아이의 표정이 일그러지는 것을 보면서 아차 내가 잘못했구나 하고 예스라고 다시 고쳐 말했으나 이미 엎질러진 물, 옆의 아이들까지 수군거리는 것처럼 느껴졌다. 아이가 했던 말을 다시 생각해보니 나에게 자기가 아침에 타준 커피가 맛있었냐고 물어본 것이었다. 그 질문에 노라고 했으니 아이의 표정이 달라질 수밖에.

얼굴이 노래진 나는 잠시 방에 처박혀 이 일을 어떻게 수습할까 고민했다. 결론은 솔직히 말하는 거였다. 아직까지 말보다는 쓰기가 쉬워 나의 천사에게 편지를 썼다. 그동안 너의 친절에 대해 고마워한다. 네가 나의 천사가 아닌가 생각했다. 네가 나에게 뭔가를 먹으라고 권

한다고 생각해서 노라고 한 것이다. 너의 커피는 맛있었다. 노라고 잘 못 대답해서 미안하다고. 그것을 건네준 후에 그 아이가 정말 마음을 풀었는지는 아직도 잘 모르겠다. 어쨌거나 나머지 시간 동안 나의 마음은 그 여파에 흔들거렸고, 지금도 그 일을 생각하면 마음이 편치 못하다.

그 후부터는 어쩔 수 없이 노라고 말할 수밖에 없는 상황에서도 말하기 전에 잠시 생각하고, 말한 후에도 맞게 말했나 생각해보는데, 내가 너무 예민한 걸까.

# 영어 때문에 느끼는 존재의 초라함

영어가 모국어가 아닌 사람들에게 영어를 가르치는 곳에 가본 사람들은 누구나, 한국사람이 영어를 제일 못한다는 것을 느끼게 된다. 뭐든지 표현되지 않으면 표가 나지 않는 세상에서 언어 능력을 우선 과시할 수 있는 게 말인데, 도무지 영어로 말하는 게 쉽지 않다. 말을 하고 있는 순간에도 얼마나 엉터리로 떠들고 있는지를 자각하면서 계속 말하는 게 보통 용기로는 할 수 있는 일이 아니다. 여기서 우리는 그렇게 산다. 순간적으로 떠오르지 않는 우리말 단어가 늘어나는 만큼 영어 실력이 늘어난다면 얼마나 행복하랴.

우리나라 사람들이 단어와 독해 실력은 월등 뛰어나지만 우리보다 훨씬 단어도 모르고 문법의 기본도 없는 중국사람들, 그것도 죽의 장막이 걷힌 지 얼마 되지 않는 본토 중국사람들이 중국말인지 영어인지 구별 안 되는 발음으로 엄청나게 떠드는 것을 보는 기분은 엉망이다. 엉망이다 못해 화가 날 때도 있다.

내 발음이 훨씬 더 사전의 발음표기에 가깝다고 생각하는데, 키위들은 내 말에는 '파든(Pardon)?'을 연발하면서도, 중국말 같은 영어는 신통하게 잘 알아듣기 때문이다. 실제로 알아듣는지 아니면 워낙 쉴 틈 주지 않고 떠드니까 전체 맥락으로 이해하는지 모르지만. 어쨌거나 누가 오라 해서 왔나 내가 쏼라거리면서 살겠다고 온 것을. 그런데 그놈의 영어가 자존심을 건드릴 뿐 아니라 어떤 때는 살맛까지 잃어버리게 만든다. 나의 빈약한 표현 능력이 나의 존재의 초라함처럼 느껴지는 것을 막을 수 없기 때문이다.

여덟 살 전후까지는 외국어를 모국어처럼 배울 수 있고 20대까지는 그래도 웬만큼 비슷하게 말할 수 있지만 30대 이후에는 상당부분 포기해야 한다고 한다. 아예 발음이 제대로 들리지 않기 때문에 흉내 내는 것이 불가능하다는 것이다.

내 발음을 가끔 우리 아이가 고쳐주려 하는데 그때마다 이 말이 사실임을 확인하는 것으로 끝날 뿐이다. 나는 아이가 따라하라는 대로 똑같이 따라한다고 생각하고 또 내 귀에는 그렇게 들리지만, 아이는 서너 번 연습시키다가 어김없이 그냥 엄마 맘대로 발음하는 게 낫겠다고 체념해버린다.

발음만 문제되는 것이 아니다. 억양이 영 어색해서 흉내조차 내기 힘들다. 영어를 쓰는 사람들끼리도 모든 단어의 발음보다는 억양으로 말을 알아듣는다고 하는데, 40 평생을 모노톤의 말을 쓰던 사람이 말에 굴곡을 주는 일이 쉽지 않다.

내가 언젠가 키위 친구에게 너희가 한국사람 말을 잘 못 알아듣는 이유는 우리말이 원래 억양이 없어서 영어를 말할 때도 밋밋하게 말하기 때문이라고 하자 동의했다. 그가 택시를 탔는데 동양사람 운전사라고. 그런데 말에 아무 억양이 없어 한국사람 아니냐고 물었더니 맞는다고 대답하더라나.

그런데 사실은 우리나라 사람들 발음만 이 사람들이 잘 알아듣지 못하는 것이 아니다. 자기들끼리도 잘 알아듣지 못한다. 그래서 다시 말해달라는 표현이 많다. excuse me, pardon (me), sorry, I beg your pardon, I did not catch you 등등. 우리나라 사람들끼리 말하면서 다시 말씀해주시겠어요라고 말하는 경우는 말하는 사람이 너무 작게 소곤거려 정말 듣지를 못한 것이지 무슨 말 하는지 알아듣지 못한 것이 아니다. 우리말은 똑똑 떨어지는 말이기 때문이다.

우리 교회 성가대에서는 내가 가장 젊었다. 아니, 어렸다고 하는 게 나은 표현일 정도로, 다른 분들은 모두 일흔에 가까운 은퇴한 할머니 할아버지였다. 물론 귀가 어두워지는 연세기도 했지만 앞에서 말하는 지휘자 말을 못 알아들어 오히려 나보고 물어보는 경우가 종종 있었다.

한번은 다음 연습을 언제 할 것인지를 정하면서 지휘자가 자기가 어느 요일은 안 된다고 말했는데, 옆에 앉은 할머니가 나에게 하는 말, "can이라고 말했니, can't라고 말했니?" 이럴 때는 내가 영어를 참 잘

한다는 착각을 하게 된다. 나보다 귀가 어두워서 그럴 수 있다고 이 경우에는 양보한다고 해도 내가 강의를 듣는 카운슬링 클래스의 친구들은 나와 나이가 비슷한데도 마찬가지다. 물론 내가 못 알아듣고 친구에게 물어보는 경우가 더 많지만. 가끔 내가 "저 선생님이 된다고 그런 거야, 안 된다고 그런 거야" 하고 물으면 "글쎄, 나도 잘 듣지 못했는데" 하는 대답을 듣기 일쑤다.

이렇게 속으로 혼자 우겨보다가도 내가 잘 알아듣지 못하고 다시 말해달라고 하는 건 내가 영어를 잘하지 못해서이고 자기들끼리 못 알아듣는 것은 자연스럽게 아무렇지도 않게 생각하는 것 같다는 느낌을 받는 건, 순전히 나의 자격지심일 수도 있다.

그런 나를 영국에서 이민 온 진짜 영국 할아버지 친구가 위로해주었다. "영어가 원래 잡동사니라서 그래." 그러니까 한 모음에 발음이 여러 개고 어원이 워낙 여러 종류라 자기들도 어떤 단어는 어떻게 발음하는지 모른다는 말이었다.

한글의 모음은 예를 들어 'ㅏ'는 아 소리 하나지만, 영어의 'a'는 아, 어, 애 등으로 소리 난다. 사실은 그 발음 중간쯤 되는 애매모호한 소리들을 내니 쉽지가 않을 거라는 할아버지의 말이 위로가 되었다.

사실 이름의 경우에는 어떻게 발음하는지 물어보는 게 실례가 아니고 또 거기에 한 술 더 떠서 이름을 들으면 어떻게 쓰는지 그 스펠링을 물어보는 것도 보통 일이다. 오히려 이름을 적당히 잘못 발음하거나 많이 듣던 이름이라고 스펠링을 틀리게 쓰는 것이 크게 실례되는 일이다. 우리나라에서라면, 실례지만 이름을 어떻게 부르십니까, 아니면 어떤 철자를 쓰십니까라고 물어보면 분명히 초등학교도 못 나온 사람 취급당할 거다.

우리 아이 이름에 있는 모음 'ㅏ'를 영어 모음 'a'로 표기하는데, 학기 초에는 그것을 'ㅏ'로 발음하지 않고 'ㅐ'로 발음하는 선생님들에게 이름 틀리게 부르지 말라고 항의하는 것이 우리 아이의 심각한 과제 중 하나였다.

나 같으면 적당히 듣고 말 텐데 뭘 그렇게 끝까지 선생님에게 틀렸다고 수정해주는지 모르겠다고 했더니 우리 아이가 친구 중에 자기 같은 아이가 있다는 것이다. 불가리아에서 이민 온 아이로 이름은 '요나', 그 이름의 스펠링은 'Iona', 그래서 선생님들이 부르는 이름은 '이오나'라는 것이다.

그 아이는 학기 초에 한두 번 항의하고는 선생님이 부르는 그대로 내버려둔다나. 우리 아이가 자기 이름 틀리게 부르는 것을 못 참는 이유가 이곳에 살면서 받은 영향인지 아니면 다들 하나씩 가지고 있는 영어 이름이 필요 없다고 하는 아이 나름의 자기 것에 대한 고집인지 모르겠다.

어쨌거나 이름을 발음만으로는 받아 적을 수 없는 나라에 사니까 이 정도 알아들으면서 사는 것도 장하다고 생각하는 것이 나의 마음의 평화를 위해서 좋은 일이라고 생각한다. 그러면서도 영어로 인해 가끔 느끼는 나의 존재의 초라함이 말끔히 사라져주지는 않는다.

# 뉴질랜드에도 이오덕 선생님이

영어 발음 이야기를 하다 보니 몇 년 전 ≪뉴질랜드 헤럴드≫(오클랜드에서 유일한 일간 신문이다. 신문 구독에 선택의 여지가 없어서 편하다. 이 신문 저 신문 적어도 두 가지 이상을 훑어보기라도 해야 했던 서울에 비하면 시간도 절약된다)에 실린 영어 이야기가 생각났기 때문이다. 그래도 그렇지 왜 이렇게 영어 이야기를 계속하고 싶은가. 아마 영어를 잘하지 못한다는 무의식적인 열등감을 반영하는 것일 수도 있다.

그동안 말을 너무 많이 하고 살았다는 생각이 들었는지 처음 이곳에 왔을 때 말 못 하고, 말없이 사는 것이 먼 휴양지에 쉬러 온 것처럼 편안했다. 말에서의 해방을 즐겼다. 일일이 알아듣지 못하는 것조차 은혜로웠다. 교회에서 목사님의 설교와 기도 중 들리는 말만으로도 감사와 감격을 하기에 충분했다. 그러나 1년이 지나기 전에 언어 실종의 평화로운 마음은 점차 사라지고, 시간이 지남에 따라 존재가 희미해지다가 사라져 버리는 운명을 가진 어느 동화 속의 인물처럼 내 존재 자체가 희미해져 간다는 지독한 상실감을 맛보기 시작했다. 자기 언어의 상실은 존재의 상실이라고 혼자 중얼거리면서 바닷가를 거닐어보았자 우울함만 더해질 뿐.

동시에 어차피 영어 쓰는 나라에 왔으니 영어를 잘해야 하지 않을까 하는 강박감을 느끼기 시작했다. 사람과 만나 수다 떠는 것을 우리말로도 즐기지 않았는데, 스스로를 바보처럼 느끼게 만드는 영어로 더듬거리며 이야기하겠다고 일부러 사람 만나고 싶지도 않고, 이곳에서 이민자들에게 가르치는 영어 교실에서는 사실 배울 게 없었다. 중·고등학교에서 배운 문법만으로도 수준에 넘치게 많이 아는 것이었기에.

그래서 나는 대충 읽던 신문을 정성들여 읽기 시작했다. 영어 소설 『순교자』를 쓴 김은국 씨가 미국에 처음 도착하여 소설책을 외우며 영어 공부를 했다는 이야기를 읽은 기억이 나서다. 또 말이 별거냐 글 쓰듯이 말하면 되지 싶은 생각도 들었고. 그러나 소설 읽는 것에는 별로 취미가 없어서였다.

그렇게 하여 꼼꼼히 읽기 시작한 신문에 실린 글은 오클랜드 대학교 영문학과를 은퇴한 교수님 글이었는데, 그 글을 읽으면서 이오덕 선생님이 떠올랐다. 일본어로 오염된 우리나라 말을 순수하게 되살리고자 애쓰시던 이오덕 선생님이 생각난 이유는 이 교수님도 요새 젊은이들이 쓰는 영어가 영어가 아님을 개탄하고 있었기 때문이다. 언젠가 뉴질랜드 영어가 원래 영어에 가장 가깝게 보존되어 있다는 말을 들은 적이 있다. 그 말을 한 사람이 언어 전문가인지 일반인이었는지, 한국사람이었는지 키위였는지 기억나진 않지만 실제로 미국, 영국, 호주 드라마를 보다가 뉴질랜드 드라마를 보면 귀가 편안해진다. 특히 뉴스 진행자의 발음은 사전 그대로라는 느낌이다.

그런데 그 노교수님은 뉴질랜드 젊은이들이 영어를 제멋대로 쓰고 있다고, 이대로 가다가는 뉴질랜드 영어가 영어권 내에서 이해되지 않는 다른 언어가 될 거라는 우려 겸 유감을 표현하고 있었다.

그 교수님이 싱가포르에 여행 갔는데, 어느 날 묵고 있던 호텔의 카운터 직원이 교수님을 찾더란다. 혹시 뉴질랜드에서 오시지 않았냐고, 뉴질랜드에서 온 청년이 그 호텔에 묵겠다고 왔는데, 뉴질랜드 말을 하니까 통역 좀 해달라고 했다나. 물론 그 청년이 쓰는 말은 뉴질랜드 영어긴 하지만 영어였다. 이 영문학자께서 그 상황이 얼마나 기가 막히고 한심했으면 장문의 논설을 쓰셨을까 이해가 된다. 대학에서 강의할 때 영문학을 전공하러 온 학생들조차 영어를 제대로 말하는 학생이 드물었다고 하면서 영어를 정식으로 말하지 않으면 다시 말하라고 해서 제대로 말할 때까지 반복시켰다고 한다. 이 교수님의 전화번호를 전화번호부에서 찾아놓았다. 이 교수님에게 영어를 정식으로 배우면 영어를 제대로 잘하게 될 거라고 생각하면서. 그러나 모든 일이 언제나 그렇듯이 가정주부가 자신을 위해 돈 쓰기가 쉬운가. 그 전화번호는 몇 년 동안 수첩을 옮겨 다니다가 사라졌다. 내가 전화하여 영어교육을 받자고 청했다 해서 그분이 허락했을지도 의문이지만.

그 글이 실리고 며칠 후 반론이 실렸다. 일본에서 오래 살았고 부인이 일본 사람인 키위로, 오클랜드 대학의 일본어과 강사였다. 그 강사의 주장은 말이란 시대에 따라 지역에 따라 변하는 것이 당연하므로 젊은이들이 쓰는 영어가 순수 영어에서 벗어나 뉴질랜드 말이 되어가는 경향도 자연스럽다는 것이었다. 굳이 순수 영어를 고집하는 것은 시대착오라고.

영화 〈백 투더 퓨처(Back to the Future)〉에서 마이클 폭스가 자기 부모가 10대였던 시절로 돌아갔을 때 런치 바에 들어가서 코크를 달라고 주문했더니 주인이 영 못 알아들어 소다수를 달라고 하니까 알아들었듯이, 1년에 영어 단어가 5,000개(나는 숫자를 기억 못 하는 치명적인 약점이 있다. 5자는 맞는다 싶은데, 그 뒤의 동그라미 숫자는 확실하지가 않다. 어쩌면 5자도 틀렸을 수도 있고. 어쨌거나 그 말을 들었을 때 그렇게 많이? 하고 놀랐던 느낌은 생생하다) 정도가 사라지고 또 그만큼 새로 생긴다고 한다. 순수함을 고집하는 것이 고리타분하게 시대를 역행하는 것이 될 수도 있지 싶지만, 그 새로 생기는 단어라는 것이 주로 코크(콜라)처럼 없던 물건이 새로 만들어졌기 때문에, 또는 컴퓨터 디스켓처럼 첨단 과학 기술의 발달에 따른 것이 대부분이니 이미 구세대에 속한 나는 그 은퇴 교수님에게 표를 던지고 싶다. 이오덕 선생님에게처럼.

## IV 에릭 할아버지와 프리다 할머니

# 카페에서 점심 먹기

가끔 색다른 맛을 위해 카페에서 점심을 먹는다. 한국에서는 양주와 맥주를 파는 술집을 일반적으로 카페라고 부른다. 카페를 운영하는 교민이 많은데, 그들이 한국에 다니러 가서 뉴질랜드에서 무엇을 하고 사느냐는 질문에 카페를 한다고 대답하면 약간 깔보거나 동정 어린 눈길을 받는다는 이야기를 들었다.

이 나라의 카페는 프랑스의 카페에서 그 이름을 따왔듯이 그 내용도 따왔다. 처음에는 커피를 팔기 시작했으리라. 그러다가 커피와 함께 먹을 빵과 과자를, 그다음에는 샌드위치를, 그러다가 조리한 점심으로 메뉴가 확대되면서, 마실 것도 음료수를 지나 와인까지 추가된 것이 카페 음식 진화의 역사가 아닌가 싶다.

재작년 뉴질랜드에서 제일 권위 있는 요리 잡지에서 선정한 올해의 레스토랑에 많은 레스토랑을 제치고 웰링턴에 있는 프랑스식 카페가

뽑혔을 정도로 어떤 곳에서는 카페나 레스토랑의 구분이 거의 없어지기도 했다. 그래도 카페는 아침과 점심을 주로 파는 곳, 레스토랑은 저녁을 주로 파는 곳으로 아직은 구분이 된다.

웰링턴에서 상을 받은 카페를 운영하는 사람은 바로 곁에 프랑스 요리 전문 레스토랑도 경영하고 있었는데, 같은 사람이 경영하는 레스토랑과 카페 중에서 카페가 레스토랑을 제치고 올해의 레스토랑에 뽑힌 것을 보고 참 재미있다고 생각했다. 각설하고, 카페가 그런 곳이니만큼 현지인들과 점심 식사를 하면 대개 카페를 이용하게 된다.

한번은 식사를 마치고 계산을 하러 갔는데, 계산대 앞에 줄 선 사람이 상당히 많았다. 같이 일어서려 하던 일행보고 자리에 도로 앉아서 보던 잡지 기사 하나를 더 읽어도 되겠다고 이야기해주고는 긴 줄의 뒤에 섰다. 이미 먹은 음식 값을 지불하기 위해 한참 기다려야 하는 것은 상당히 짜증나는 일이다. 슈퍼마켓에서는 급행 레인을 설치해두고 열두 개 이하의 아이템을 산 사람들은 빨리빨리 계산하고 나갈 수 있게 하고 있지 않은가.

한국에서도 잘 되는 식당에서는 식사 후에 계산을 하려고 줄을 서는 경우가 있기는 하지만, 아무리 대형 식당이라도 앞에 서너 명 서 있는 게 고작이다. 오늘 점심을 먹은 카페는 규모가 동네 중국집만 하고, 손님이라야 지난번 서울 가서 들른 동네 칼국수집의 점심 식사 인원도 되지 않는다. 그런데 계산대 앞에 줄을 선 사람 숫자는 열 명에 육박한다. 그 열 명에 가까운 손님들은 사실 두 패의 점심식사 일행에 불과하다.

한국 같으면 두 명이 서서 벌써 계산하고 나갔을 것을 이들은 함께 밥을 먹고도 각자 따로 계산을 하느라고 이렇게 길게 줄을 서 있는 것이다. 우리나라에서는 누가 점심을 먹자고 하면 그 사람이 밥값을 내는 것이 보통이다. 그런데 여기서는 누가 먼저 제안을 했건 간에 자기 밥값은 으레 자기가 내는 것으로 알고 있다.

그래서 내가 현지인보고 점심 먹자고 하고, 식사 후에 밥값을 내가 낸다고 하면 그가 반드시 되묻는다. "Are you sure?" 한국말로 '정말로?'이다. "물론이지"라고 대답하면 엄청나게 고마워한다. 그중에는 다음번에는 자기가 사겠다는 약속을 반드시 붙여야 마음이 편한 사람도 많다.

아시아인과 함께 식사를 하는 손님은 카페 전체를 뒤져도 하나가 될까 말까 하니, 점심을 먹고 난 뒤에 계산대 앞에 늘어선 손님의 줄이 긴 것은 당연한 이치다.

좋은 점은 하나 있다. 두 명이 함께 점심 먹으러 왔을 때 한 명은 계산대 앞에 줄을 서 있고 다른 한 명은 식탁에서 우두커니 기다리거나 현관 앞에서 민망한 표정으로 서 있지 않고, 다 함께 계산대 앞에 줄 서서 대화를 계속할 수 있다는 것.

# 정신 나나은 남자 요리사

중학교 가정시간에 요리 실습을 할 때는 계량컵과 스푼을 정확히 사용해야 했다. 벌써 30년도 더 지난 일이라 누구에게서 들은 건지, 가정 선생님께 들은 건지 아니면 텔레비전의 어느 요리 강습자가 한 말인지 기억이 안 나지만, 어쨌거나 내 머릿속에 박혀 있는 것은 서양사람들은 우리처럼 주먹구구로 요리를 하는 것이 아니라 뭐든지 계량하여 과학적으로 음식을 한다는 거였다. 그래서 그런 줄 알았다.

이곳 음식을 만들어볼까 하고 가끔 텔레비전 요리 강습 프로그램을 보는데, 소금을 스푼으로 재서 넣는 것은 보지 못했다. 한 스푼 넣으라고 말은 하면서도 적당히 털어 넣는다. 아니면 아예 적당히 넣으라고 한다. 거의 모든 양념이 그렇다. 적당히 아니면 한 줌 등등이다. 처음에 나는 아니 이럴 수가, 속았다 싶은 생각이 들었다. 우리나라 요리 강습보다 더 비과학적이잖아.

이 나라에서 인기 있는 요리사가 있다. 정확히 말하면 영국사람이다. 거의 모든 프로그램을 수입하여 방영하는 이 나라 방송국 덕분에 미국뿐 아니라 영국 프로그램을 즐기는데, 요리 하면 프랑스지 영국은 푹 삶은 시금치 아니면 생각나는 음식이 없던 나는 이 사람을 보고서야 영국에도 요리사가 있구나 하는 생각을 하게 되었다.

그는 이미 결혼하여 아이도 있다는데, 내가 보기에는 아직 10대 후반으로 보이는 동안의 얼굴에 혀 짧은 소리(우리 아이의 말에 의하면 혀가 두꺼운 사람들이 그렇게 발음한다고 한다)로 쉴 새 없이 떠들며 부엌에서 장난치고 있다고 생각할 정도로 정신없이 요리를 하는 남자 요리사다. 이름하여 The Naked Chef, 제이미 올리버(Jamie Oliver).

어려서부터 음식 만드는 게 취미였다는 이 요리사는 마늘은 주먹으로 내리쳐서 껍질째 넣고 서양 요리의 감초격인 생베이질은 손으로 죽 훑어서 넣는다. 야채도 적당히 손으로 뜯어 넣는데, 이걸 보면 어머니가 칼을 대면 맛이 없다고 배추를 손으로 찢어서 겉절이를 담으시던 생각이 난다. 소스가 손에 묻으면 손가락을 쭉쭉 빨아가며 음식을 만든다. 만들면서 얼마나 맛이 좋을지 스스로 잘 알기 때문인지 먹을 것을 앞에 둔 배고픈 사람처럼 침을 꼴깍 삼킨다. 그런 그를 보노라면 일부러 연기한다는 느낌은 전혀 들지 않고 저 사람이 정말로 음식 만들기와 먹는 것을 즐기는 사람이라는 생각이 안 들 수 없다.

한번은 그 요리 프로그램에서 그 요리사가 친구들과 바닷가로 휴가를 가서 놀아가며 아침 · 점심 · 저녁 세 끼를 만들어 먹는 것을 보여주는 특집방송을 만들었다. 디너 메인 디시로 그가 만든 것은 연어 요리였는데, 연어 한 마리를 통째로 몇 겹 쌓아놓은 신문지 위에 놓고 소금 적당히 치고 레몬즙을 손으로 쥐어짜 뿌렸다. 마늘은 손으로 내리치고 베이질은 훑어서 위에 적당히 놓고 이것저것 뭔지 모를 향신 야채를 얹은 다음 그 신문지로 둘둘 말아 끈으로 묶더니 그것을 양동이에 든 물에 몇 번 집어넣어 물을 충분히 적신 다음 숯불 위에 그대로 올려놓았다.

그리고는 모래사장에서 배구를 하며 신나게 노는 사이사이 와서 몇 번 뒤집어주었다. 얼마 지나 신문지가 새까맣게 탄 것을 집어내서 신문지를 걷어내고 시커메진 껍질을 벗기더니 속살을 푹푹 떠내서 친구들 접시에 담아주는 것이었다. 그 모습을 보면서 저 정도 되면 요리도 전위예술 같은 창작이라고 할 수 있겠다 싶었다.

어쨌거나 너무 쉽게 요리하는 그를 보며 감탄하는 나에게 남편이 하는 말. "신문지 활자 찍는 잉크에 납이 얼마나 많은데".

# 식사 시간은 인내 시험장

뉴질랜드에 온 후 처음 2~3년 동안은 불고기라든가 잡채 등 우리나라 음식을 키위들에게 맛보여야 할 것 같은 일종의 사명감이 있었다. 무슨 행사에서든지 우리 음식을 만들기 위해 한몫 끼어야 할 것 같았다. 그래서 아이 학교 바자회에서 불고기 꼬치를 만들어 바비큐 대에 구워 팔고, 김밥을 말고, 심지어는 녹두전까지 열심히 부쳐댔다.

한번은 교회에서 친교를 위해 함께 점심 먹는 행사가 있었다. 먹으러 갈 사람과 음식을 준비할 사람이 각각 신청하여, 먹으러 갈 사람은 일정한 회비를 내고 음식을 준비할 사람은 몇 사람을 초대할 수 있는지에 따라 그 회비를 받아가지고 음식을 준비한다.

음식 하는 것보다는 차라리 설거지를 택하는 내가, 이때는 과감하게 음식을 해서 초대하는 쪽을 택했다. 그리고 12명을 초대할 수 있다고 신청서에 썼다. 뷔페식으로 식탁에 음식을 차린다 해도 아이의 책상

의자까지 다 동원해야 앉을 수 있었는데도. 사실 몇 명을 초대해야 하나 생각하면서 의자 수를 세어보았다.

교회 사람들은 우리 집 거실에 빼곡히 들어앉아 먹었다. 서양식은 앙트레, 메인, 디저트가 있다는 걸 알았지만, 흰밥 대신 볶음밥을 한 것과 샐러드를 만든 것 말고는 우리 음식을 대접한다는 고집으로 김치까지 선을 보였다. 그리고 후식은 수정과와 떡을 내면 그런대로 우리 식이겠다 싶었다. 떡은 여기서 쉽게 구할 수 있는 중국제 찹쌀가루로 볼을 만들어 카스텔라를 체에 받쳐 가루를 묻혔으니 순 우리 식은 아니지만.

어쨌거나 모든 음식을 한꺼번에 차려놓고 모든 그릇을 동원해서 12명이 식사를 시작했다. 먹는 것보다 대화를 나누는 데 더 열심인가 싶게 다들 느긋했다. 수정과와 떡을 후식으로 먹고 난 뒤에도 사람들은 갈 생각을 하지 않았다. 거의 다 할머니 할아버지들이라 별로 다른 일들이 없어 느긋한지 어째 갈 생각들을 안 하실까 하다가, 혹시 커피나 홍차를 기다리는 것이 아닐까 하는 생각이 들었다. 그래서 물어보았다. 이구동성으로 "very good"이라는 대답에 예정에 없던 차를 끓였다. 수정과와 떡으로 끝낼 생각이었는데.

커피나 홍차를 들고서 마시는지 아닌지 또 한없이 이야기를 나누었다. 한국인 이민 교회를 한두 달 다니다 키위 교회를 다닌 지 몇 달 안 되었을 때라 나는 대화에 끼어들 여지가 없어 무엇을 또 대접해야 하나 고민하는데, 다행히 사람들과 이야기하기 좋아하는 남편은 잘 버티는 것 같았다. 그러더니 갑자기 한 분이 이제 갈 때가 된 것 같다고 하니까 모두 일어났다.

나는 속으로 이제 살았구나 싶었다. 할아버지 한 분이 설거지를 도와주겠다고 하는 것을 애써 말려서 그냥 가시게 한 뒤에 시계를 보니 세 시간이 지나갔다. 그 뒤에 점심의 경우 이곳에서 다시 대학을 다니던 남편의 학교친구들을 불렀을 때도 세 시간, 남편이 졸업 후 취직한 법률회사의 동료가 왔을 때도 세 시간이 지나야 가겠다고 일어났다.

우리가 키위 집에 초대를 받아가도 그 집에 머물러야 하는 시간은 마찬가지로 세 시간이었다. 감자칩을 디핑 ― 예를 들어, 아보카도 으깨서 양념한 것 ― 에 찍어 먹는다든가, 짜지 않고 밍밍한 워터 크래커 위에 치즈나 햇빛에 말린 토마토를 얹어 포도주나 주스와 함께 먹으며 앙트레를 하는데, 이 시간이 거의 30~40분 이상 걸린다. 저녁의 경우는 한 시간 이상 걸리는데, 배가 고파도 앞으로 나올 음식을 기대하며 우아하게 참아야 한다.

칩 한두 개, 크래커 한두 개를 먹고 나서 메인을 먹는데, 키위들은 소리도 내지 않고 재빨리 먹어치운다. 이야기를 하면서 사이사이 먹는데, 꿀꺽 삼키나 싶을 정도로 소리도 안 나게 먹어치운다. 이야기에 끼어들다 보면 다들 이미 다 먹고 빈 접시를 앞에 놓고 앉아 있어 나도 허둥지둥 급하게 먹고 나면 배에 가스가 차버린다. 게다가 포크와 칼질에 서툴러서 키위처럼 음식을 작게 썰지 못해 한 입 가득 집어넣으니 소리 안 내고 먹을 수도 없다. 그래서 이야기에 끼지 않고 접시에

코 박고 부지런히 먹기만 하면 또 너무 빨리 먹게 된다. 남들과 음식 먹는 속도 맞추는 것이 보통 기술로는 쉽지 않다.

그리고는 메인 접시를 주인이 깨끗이 치우고 정리한다. 디저트와 차를 준비하고 차리는 것이 딴 상을 다시 차리는 것과 같다. 서너 가지 디저트와 차를 앞에 놓고 우아하게 약간 더 이야기하다 보면 세 시간이 지나간다. 그러면 집에 가겠다고 말해도 된다. 같은 동네 한국 분에게 들은 이야기로는, 한 시간 내지 한 시간 반이면 충분할 거라 생각하고 초대를 받아들였는데 이렇게 점심식사가 느리게 진행되는 바람에 다음 약속 시간이 다가와 두 시간도 안 되어 일어났다고 한다. 그러자 주인이 자기네가 뭘 잘못했나는 표정으로 당황해하는 바람에 같이 당황스러웠다는 것이었다. 그분에게 내가 경험한 세 시간 식사를 말해주었다.

영어 중에서도 사적으로 수다 떨고 농담하는 것을 알아듣고 함께 이야기 나누는 것이 제일 힘든데, 주로 그런 말을 나누기 위해 모이는 사교 모임 식사에 초대받는 것은 그래서 세 시간의 인내 시험장이다.

# 남자와 집안일

식사 초대 후 다들 일어나서 나가는데, 에릭 할아버지는 설거지를 해주고 가시겠단다. 내 남편이 설거지해줄 것 같지 않다는 것이다. 동양 남자들이 다 그렇지 않냐고 눈을 꿈쩍 하시면서. 그래서 걱정 마시라고, 그 사람도 설거지가 많으면 도와준다고. 그랬더니 정말 믿을까 말까 하시면서 주일날 확인하시겠단다. 우리 교회 할아버지들은 교회뿐 아니라 집에서도 설거지는 당연히 자기 몫이다. 적어도 마른행주질은 할아버지 몫이다. 이렇게 설거지를 해주니까 음식 준비도 하리라고 나도 모르게 생각했었나 보다.

속이 답답하고 소화도 안 되고, 그래서 배도 고프지 않고, 또 위염인가 싶었다. 서울서는 그런 증세가 있을 때 위염이라고 진단을 받았으니까. 며칠 버티다 병원에 갔다. 약을 처방하면서 의사는 그런데 내 눈꺼풀 안쪽이 너무 하얗다고 피 검사를 해야겠다고 검사요청서를 써주었다. 내가 다니는 병원에 다행히 의료검사소가 붙어 있어서 곧장 피를 뽑으러 들어갔다. 5시가 문 닫는 시간인데, 내가 들어가자마자 간호사가 나와 문을 잠갔다. 내 앞에서 기다리는 사람이 아직 세 사람이나 있어서 그 간호사가 퇴근 시간을 못 지키겠구나 싶었다.

드디어 내 차례가 왔다. 나이가 쉰은 훨씬 넘어 보이는 간호사였다. 오늘 바쁜 모양이라고 말을 건네자 기다렸다는 듯이 하소연했다. 오늘따라 왜 그리 사람들이 밀려드는지 정신없었다는 것이다. 그곳은 두 사람 앉으면 나머지 사람은 서서 기다려야 하고 그나마 두 사람 서 있으면 더 들어갈 수도 없이 작은 대기실에 그보다 약간 큰 검사실이 있는데, 혼자 일하는 간호사에게 내가 왔음을 알리려면 대기실에 있는 벨을 흔들어 소리를 내야 한다. 그러니까 내가 10분 정도 기다려야 했다는 것은 정말 혼자서 바빴겠다는 말이 절로 나올 일이었다.

하루 종일 서서 일해야 했다고 하면서 덧붙이는 말, 이제 퇴근하면 슈퍼마켓에서 장을 보고 집에 가자마자 앉지도 못하고 저녁을 해야 하는데 오늘 같은 날 남편이 저녁을 해주면 얼마나 좋겠냐는 것이었다. 내가 알기론 키위들은 남자도 음식을 잘한다는데, 당신 남편은 안 하느냐고 물었다. 30년 넘는 결혼 생활에 단 한 번도 남편이 밥을 차린 적이 없다는 대답이었다. 스물이 넘는 아들도 아버지 닮아 손 하나 까딱 안 한다고. 나는 한국 남자들도 거의 그렇다고 위로 아닌 위로를 해주면서 잠시 남성에 대한 공동 전선을 형성했다.

그리고 가만히 생각해보니 내가 아는 할아버지들이 설거지는 잘하는데, 음식을 할 줄 아는지, 부인이 힘들면 밥을 차리는지에 대해서는 그렇다고 대답할 자신이 없었다. 얼마 후 일레인 할머니가 요새 할아버지를 훈련시킨다고 말씀하셨다. 일흔이 넘어 두 분 중 어느 분이 먼저 돌아가실지 모르기 때문에 할아버지가 더 오래 사실 경우에 대비해 할머니 없어도 사실 수 있게 간단한 음식 만드는 법 등, 집안 살림을 조금씩 가르치신다고 했다. 딸과 며느리와 함께. 그동안 할아버지에게 그런 일을 전혀 시키지 않아 버릇을 못 들였다는 말씀을 하시면서.

가끔 취미가 요리임을 말하는 남자들이 있지만 내가 아는 키위 남자들은 거의 다 할아버지 급이라 그런가, 내가 아는 한 식사 준비는 여전히 주로 여자의 몫임을 알게 되니, 인류 역사 속에서 정해져 내려온 여자·남자의 역할이라는 것이 얼마나 요지부동으로 확고한지를 새삼 느낀다. 여성 참정권이 세계 최초로 시행된 이 나라에서도.

# 긴 솔로 닦는 뉴질랜드식 설거지

예배가 끝나면 홍차나 커피 그리고 비스킷 몇 봉지를 뜯어놓고 대화를 나누는 친교시간이 온다. 언제나 할머니 할아버지가 서빙을 하고 컵과 잔을 설거지하는 것이 영 어색하고 불편해서 나는 가끔 주방에 들어가 돕곤 한다. 우리하고는 설거지 방식이 완전히 다르다는 것은 미국서 살다 온 사람들이나 유학 갔다 온 사람들에게 들어서 여기 오기 전부터 알고 있었다. 그 이야기는 우리가 서양사람보다 얼마나 깨끗한지를 말하기 위한 예였다. 그래서 나도 주방세제 물에서 꺼낸 그릇을 헹구지도 않고 그냥 마른행주로 닦는다는 이곳의 설거지 방식을 우습게 알았었다.

우리는 주방세제를 스펀지에 묻혀서 그릇을 닦고 세제 묻은 그릇을 흐르는 깨끗한 물에 다시 씻는다. 나는 이곳에 오기 전에 기름이 떡처럼 앉은 경우가 아니고는 세제를 쓰지 않았다. 기름 묻은 것은 종이 타월이나 휴지로 닦아내고 뜨거운 물로 그냥 씻었다. 남들에게는 언젠가 텔레비전에서 합성세제 풀어놓은 것처럼 거품이 하나 가득한 한강 물을 본 이후로 나 하나라도 세제를 쓰지 말아야겠다고 생각하고 안 쓴다고 그럴듯하게 이야기했지만, 한편으로는 아무리 흐르는 물로 빠 닥빠닥 씻으려 해도 미끈거리는 세제의 감촉이 영 사라지지 않는 느 낌이 싫어서기도 했다. 차라리 뜨거운 물에 기름을 녹이는 것이 더 개 운했다.

여기서는 싱크대에 물을 받아놓고 세제를 풀고 그릇을 수세미나 스 펀지가 아닌 손잡이가 긴 솔로 닦는다. 그릇을 물속에서 건져서 솔로 대충 한두 번 문지르고 옆에 꺼내놓으면 다른 사람이 마른행주로 물 기를 닦으면 그만이다. 이렇게 쉬운 일을 못 할 게 없지 싶어 내가 처 음으로 설거지 돕겠다고 부엌에 들어간 날, 나랑 친한 에릭 할아버지 가 너 정말 할 수 있냐고 마른행주질이나 하라고 한다.

그러나 동방예의지국에서 온 내가 30~40년 나이 많은 할아버지가 설거지물에 손 담그는 것을 볼 수가 있나, 부엌에 안 들어왔으면 몰라 도. 씩씩하게 "No problem"이라고 대답하고는 너무 뜨겁지 않을 정 도로 더운물 찬물 섞어서 싱크대에 물을 받았다. 그런데 할아버지가 보고 웃었다. 뜨거운 물을 더 많이 받으라고. 스펀지가 아니라 손잡이 가 긴 솔을 사용하는 이유가 바로 그것이었다. 거의 손이 익을 정도로 뜨거운 세제 푼 물에 그릇을 담가 닦으니까 되도록이면 손에 물이 닿 지 않게 하려는 것이다.

그렇게 뜨거운 물로 닦으니 그릇은 마른행주가 닿기 전에 벌써 반쯤 바싹 말랐다. 이런 방식의 설거지는 둘 이상이 함께 해야 효과적이다. 그릇을 꺼내는 즉시 물기를 닦아내야 하니까, 혼자서 하려면 그릇이 식고 물기도 완전히 닦아내기 어렵다. 물론 미지근한 물로 해도 마찬가지로 물기를 바싹 닦기가 어렵고. 그리고 세제 푼 물에 그릇을 넣기 전에 물로 거의 깨끗하게 헹구어서 집어넣기 때문에 물도 더러워지지 않는다. 행주가 조금만 축축해져도 새 행주로 갈아 쓰기 때문에 마른행주가 많아야 해서 귀찮기는 하지만.

내가 설거지를 해보기 전에는 교회에서 차를 마실 때 세제 푼 물로 닦아 깨끗한 물로 헹구지도 않은 찻잔에 마시는 것 같아 찜찜해했는데 이젠 별로 그런 생각이 들지 않는다. 오히려 여전히 우리 식으로 세제를 수세미에 묻혀 찬물에 설거지하는 이웃 한국사람의 설거지 방식이 세제를 깨끗이 씻어내지 못하는 것 같아 우리 집에서 함께 이웃과 식사를 할 때 이웃이 설거지를 해주겠다고 해도 내가 해야 직성이 풀린다.

왜냐, 찬물에 적신 스펀지에 세제를 묻혀서 그릇을 닦으면 거품이 안 나고 미끈거리는데, 아무리 헹구어도 서울서나 마찬가지로 미끈거림이 없어지지 않기 때문이다. 물론 나는 세제 푼 뜨거운 물로 씻어 다시 우리 식으로 흐르는 찬물에 헹구어 건져놓고 마른행주질은 안 하는 식으로 두 방법을 절충하고 있지만.

그래서 나도 이제는 세제를 많이 쓴다. 자연이 훼손되는 것을 생각

하지도 않고. 세제 넣고 뜨거운 물 쫙쫙 틀어 거품이 가득 차지 않은
물에 그릇을 씻으면 영 제대로 씻은 것 같지 않아서.

처음에 당연히 한국인 이민자끼리 모이는 교회를 찾아갔다. 한두 달 다니다 보니 역시 원래 내가 한국에서 다니던 교단에 속한 교회를 다시 찾아야겠다는 생각이 들었다. 조용히 교회를 옮기려면 곧장 다른 한국 교회를 나갈 것이 아니라 키위 교회를 좀 다니다가 옮겨야겠다고 결심했다. 교회를 옮기면 워낙 말들이 많다고 해서. 그래서 전화번호부를 뒤져 우리 집에서 가장 가까운 장로교회를 찾았다.

벽을 하얗게 칠한, 언덕 위에 있는 자그마한 교회였다. 예배시간을 알리는 종도 자그맣게 땡그랑거리면서 쳤다. 나중에 알고 보니 종소리 녹음한 것을 틀어놓은 것이었지만. 그런 외적인 매력보다는 예배를 드리면서 사람은 다르고 말은 달라도 또 찬송가 곡조는 달라도 우리가 한 하나님을 섬기는구나라는 감격을 맛보았다.

남편은 이런 평범한 사람들이 우리나라에 선교사를 보냈구나라고 느꼈다고 나중에 고백했다. 그래서 우리는 그 교회를 다니기 시작했다. 잠시 거쳐 가려 했었는데, 그냥 우리 교회가 되어버렸다.

이제는 서양 교회에 노인들만 모여 예배드린다고 들었는데, 들었던 것과 크게 다르지 않았다. 주로 은퇴한 지 한참 된 할머니 할아버지들이 예배를 드리러 왔다. 30대 후반인 우리가 한 주도 빠지지 않고 꼬박 예배드리는 것을 할머니 할아버지들은 신통하게 생각하고, 그렇지 않아도 친절한 분들이 더욱 우리를 사랑하셨다. 그러나 사랑하는 것과 말이 술술 잘 통하는 것과는 별개 문제다.

거의 모든 교인이 처음에는 친절하게 말을 걸었다. 어디서 왔느냐, 온 지 얼마나 되었느냐, 뉴질랜드에서 사는 것이 어떠냐, 좋냐, 왜 이민 오게 되었느냐 등등. 그리고는 '너희는 참 용감하다. 우리는 남의 나라에 가서 사는 것을 꿈도 꿀 수 없는데'라는 말이 따르게 마련이었다. 물론 키위라 할지라도 거의 모두 이민 온 사람들인데, 우리가 언어가 다른 나라에 온 것을 감탄하는(?) 말이었다.

이렇게 신상 보고가 끝나면 더 이상 할 이야기가 없다. 몇 년 살다 보니 서로에 대해 알게 되고 또 이 나라의 뉴스에 대해서도 나눌 이야기가 있다 보니 대화의 폭이 차츰 넓어진다는 것을 알게 되었지만, 대부분의 사람과는 첫 만남에서 몇 마디 나눈 것이 대화의 끝이 되고 말았다.

그다음에는 헬로나 굿모닝 등 의례적인 인사에다 날씨에 대한 언급을 약간 보태기도 하고 아닐 때도 있다. 사실 나도 할 이야기가 없었고 자기들끼리 이야기를 하면 내용도 모르겠고, 가끔 알아듣는다 해도 내가 끼어들 만하다 싶어 머릿속으로 영작하는 동안 이미 그 이야기가 지나가 버리면 김이 빠져 그나마도 노력하는 게 귀찮아졌다. 영어는 신통하게도(?) 들으려고 노력하지 않으면 그냥 소음으로 지나가 버려 나는 혼자서 딴 생각을 즐기면 된다. 그러나 때로는 내가 있든 말든 자기들끼리 신나게 이야기하면 소외감을 느끼고, 나는 역시 이방인이라는 생각을 떨쳐버리기가 어려웠다.

연합 성가대가 모여서 연습하기 시작할 거라고 함께 가겠느냐고 트루스 할머니가 물어보았다. 할머니는 알토 음을 잘 못 잡는 다른 할머니들을 이끌어온 강력한 알토였다. 나도 어떤 때는 할머니에게 의존할 정도로 음감이 정확한데다 또 자신만만한 분이었다.

우리 교회는 상시 성가대 없이 크리스마스나 부활절 등 절기마다 모여 연습하고 성가를 불렀지만, 연합 성가 발표회를 위해서는 친절한 반주 할머니의 배려로 할머니 집에 모여 파트별로 일단 곡조를 익혔다. 그다음 지역별로 큰 교회에 모여 중간 연습을 하고, 마지막으로 시내에 있는 한 성공회 성당(꽤 오래된 고딕 건물로 유명하다)에 모여 음악회를 가졌다. 그만큼 이는 큰 행사였다.

지금까지 알토 중에서는 트루스 할머니만 연합 성가대에 참석하셨다고 한다. 처음 지역별로 연습하는 날 에릭 할아버지 차를 타고 가면서 이제는 내가 함께 가서 좋다고 하는 트루스 할머니 말씀을 듣고 그냥 나를 배려하여 하는 말이려니 했다.

교회에 그득 들어선 사람들 앞에서 지역 책임자가 파트별로 나누어 서라고 했다. 그때부터 트루스 할머니는 내가 당신 곁에서 떨어질까 봐 챙기기 시작했다. 그리고 최종적으로 발표회 장소에서 자리를 정할 때는 할머니와 내가 옆에 나란히 앉지 못하고 앞뒤로 갈라서게 될까 봐 신경을 쓰셨다.

이것은 내가 아시아인이어서 어색해하고 소외감 느낄까 봐 배려하는 것 이상이었다. 오히려 할머니가 낯선 사람들 틈에서 알고 있는 단 한 사람을 놓칠까 봐 염려하시는 느낌이었다.

근처에 앉은 다른 교회에서 온 알토가 음정이 틀리면 내 귀에다 대고 '저 사람들은 연습도 안 하고 왔나 봐'라고 소곤대며 흉도 보시고, 다른 키위들과 인사 나누려고 애쓰지도 않고 나하고만 붙어 있는 것에 신경을 쓰셨다.

그리고 보니 나도 연습 도중 쉬는 시간에 다른 파트에 가 있는 우리 교회 할머니 할아버지들을 만나는 게 무척 반가웠다. 우리만 그런 게 아니라 교회마다 같이 온 사람들끼리 모여 이야기하며 즐거워했다. 평소에 교회에서 일상적인 인사를 하고 나면 별 할 이야기가 없던 것과는 완전히 딴판으로 내 소속이 분명해지는 순간이었다.

내 편인 사람들과 함께 있는 기분이 드니까, 또 성가 연습이라는 공통된 화제가 있으니까, 나도 이야기가 술술 잘 나온다. 거기서 나는 한국에서 온 이민자로 다른 키위들과 구분되는 것이 아니라, 우리 교회 사람으로 우리 교회 아닌 사람들과 구별되었다. 그 이후로 나는 어느

모임에 가든지 원래 있던 사람들이 자기들끼리 친하게 이야기하는 것
에 신경을 거의 쓰지 않는다. 내가 그 그룹 안에 들어갈 건지 그냥 건
성으로 밖에 있다 올 건지만 정하면 되니까.

# 우리는 한 편 2

우리 아이가 마주치면 괴로워하는 아이가 포니 클럽에 있었다. 그 아이 이야기를 들으면서 내가 처음 느낀 감정이 인종차별 하는 게 아닌가 하는 의구심이 들 정도로.

아이가 처음 말을 산 지 얼마 안 되었던, 한 달여를 거의 매일 하루 종일 클럽에서 살았던 때였다. 말이랑 있는 것이 좋아서, 또 내가 걱정할까 봐 그때는 말하지 않았다는데, 나중에 하는 말이 리사라는 두 살 많은 아이가 내내 자기를 괴롭혔다고 한다.

다른 아이들이 없어서 심심할 때는 우리 아이하고 말을 같이 타자고 하다가도 다른 아이들이 오면 따돌리고, 우리 아이가 먼저 다른 아이와 말을 타고 있으면 끼어들어 훼방하는 등, 심지어는 네 나라로 돌아가라는 말까지 했다고 한다.

그 클럽에서 나이가 제일 어린데다가 제일 신참인 우리 아이는 나이가 위인 자기보다 고참인 아이가 그러니까 고스란히 당하기만 했다. 나한테도 말을 안 하고.

그 아이는 고등학생이고 우리 아이는 중학생이었다. 한 해가 지나고 우리 아이도 고등학생이 되었다. 중학생이 고등학생 되는 것은 한국이나 여기나 다 겁나는 일이다. 아이 친구들이 처음 학교 가는 날 학교 앞 맥도널드에서 만나서 다 같이 가자고 약속할 정도로. 숫자라도 많아야 안심이 될 것처럼 그렇게 모였다. 그런데다 교실을 대학생처럼 이리저리 과목 따라 옮겨 다녀야 한다는 것에 겁들을 잔뜩 먹었다. 학교가 큰데 제 시간에 못 찾아가면 어쩌나 하고. 학교에서도 수업시간에 지각해도 신입생들은 일주일 봐준다고 했다. 처음에는 다 그렇게 어리바리하니까.

우리 아이는 클럽에서 리사를 보는 것만으로도 괴로운데 학교에서도 마주칠까 봐 걱정했다. 여기서도 상급생이 하급생을 우습게보니까 리사가 학교에서도 우리 아이를 괴롭게 만들 가능성은 충분하기 때문에 나도 염려되었다.

드디어 어느 날 리사가 우리 아이를 학교에서 보았단다. 멀리서 지나치다가 우리 아이를 발견한 리사가 뜻밖에도 반가워하며 손을 흔들고 다가와서는 아주 친절하게 학교에서 어려운 일 있으면 도와주겠다고 하더란다.

"참 잘됐네, 너를 잘 봐줄 선배가 생겨서."

내 말에 아이가 대답했다.

"아니, 언제 변덕 부릴지 몰라, 친절하게 구는 것도 무섭고, 되도록 안 마주치는 게 좋아."

아이는 그렇게 말했지만 나는 트루스 할머니와 함께 연합 성가대 하면서 느꼈던 '우리는 한 편'이라는 마음이 리사의 태도에도 있지 않았나 생각한다. 클럽에서는 텃세를 부릴지라도 클럽 밖 더 큰 집단 안에서는 같은 편이라는 느낌 말이다. 무의식적으로라도.

낯선 집단에 처음 속하게 되었을 때의 소외감은 우리만 느끼는 것이 아니라 같은 영어를 사용하는 사람들 사이에도 있다는 것을 키위 친구들의 이야기로 알게 된다.

영국에서 이민 온 나의 카운슬링 코스의 선생님 이야기. 아이가 속한 운동 클럽 부모 모임에 갔는데, 아무도 알은체를 안 하더란다. 기존의 멤버들 엄마들끼리 이야기하는 속에 혼자 있을 때의 그 외로움과 소외감을 이야기하면서 친구의 후원과 지지의 중요성을 설명해주는데, 나는 공부 내용보다는 그분이 겪은 소외감이 반가웠다. 영어가 내 말이 아니어서 나만 그렇게 느끼는 것이 아니라는 사실이 기쁘기까지 했다. 내가 서양사람들이 많이 사는 곳에 끼어 사는 동양인이라는 것을 너무 예민하게 의식하지 않아도 된다는 일종의 해방감을 느꼈다고 하면 너무 과장일까.

# 시어머니는 어쩔 수 없어

아직 예배시간까지 몇 분 남아 있어서 교회 마당에 서 있는데 트루스 할머니와 제이콥 할아버지가 싱글벙글하며 오셨다. 아들만 셋을 낳았던 며느리가 드디어 딸을 낳았다는 것이다. 뒤이어 사돈 간인 에릭 할아버지와 프리다 할머니가 오셨다. 나는 축하한다고 말했다. '손녀를 보셨다면서요'라고 덧붙이면서. 그런데 에릭 할아버지와 프리다 할머니는 별로 기쁜 표정이 아니다.

두 노부부는 사돈 간이면서도 친구처럼 지낸다. 함께 교회 오고 성가대도 같이 하고 음악회도 같이 가는 등 온갖 문화행사를 같이하신다. 사돈의 서먹함이 전혀 없다.

두 부부가 이 일처럼 전혀 반대되는 반응을 보이신 적이 없었다. 에릭 할아버지는 손녀 본 것이 정말 기쁘지 않으신 것 같아 축하한다고 말한 것이 미안할 정도였다. 친정어머니가 늘 말씀하시던 것이 생각났다. 친손자가 징징거리면 며느리가 왜 아이를 좀 더 잘 보아주지 못하는가 싶고, 외손자가 징징거리면 저 녀석이 왜 엄마를 저렇게 괴롭히나 싶어 외손자가 예쁘게 보이지 않는다고, 어쩌면 이렇게 며느리 생각하는 마음하고 딸 생각하는 마음이 다른지, 여고 동창회에 갔을 때 친구 분들이랑 이야기했다고 하셨다. 딸이 또 아이를 낳은 것이 딸에게는 고생이다 싶은 마음이 한국 부모나 마찬가지로 에릭 할아버지에게 있나 보다.

얼마 뒤 에릭 할아버지네 집에 갈 일이 있었다. 현관부터 벽마다 사진들이 걸려 있는데 딸 사진이 대부분이었다. 그중 고등학교 때 전교생이 찍은 사진을 확대한 것이 있었다. 그 사진을 보라고 하시면서 고등학교 때 얼마나 공부를 잘했는지 또 바이올린도 잘 켜서 고등학생 경연대회에 나가 1등도 했다고 자랑하시면서 상장 붙여놓은 것을 가리키셨다. 그리고는 한숨을 쉬시면서 다 소용없다는 것이었다. 너도 딸을 키우니까 나중에 알게 되겠지만 의대에 들어가서 뉴질랜드에서 유학 온 남자랑 연애하더니 여기까지 와서 의사 노릇도 몇 년 못 하고는 아이 키운다고 집에 들어앉은 것도 한심한데 이제 아이를 넷이나 낳았으니 언제 의사 일을 다시 하겠느냐고 하셨다.

프리다 할머니는 자기가 좋아서 아이를 넷 낳은 건데 우리가 뭐라고 할 것 있냐고 할아버지에게 말하는데도, 할아버지는 딸 생각만 하면 마음이 영 언짢으신 것 같았다. 아이가 셋일 때는 그래도 집에서라도 의사협회 회보 만드는 일을 했는데, 이제는 그나마도 하지 못하게 되었다고. 그러나 의사 일을 그만둔 것보다는 거의 연년생으로 낳은 네 아이들 뒷바라지에 치일 딸이 가여워 그렇게 불평하시는 것 같았다.

그래서 딸 하나만 있는 나와 두 분은 무척 가까웠고, 30년이 훨씬 넘는 나이 차이에도 불구하고 말이 잘 통했다. 딸이 넷째아이를 낳고 1년도 지나지 않았을 때 할아버지가 우겨서 두 분은 영국으로 돌아갔다.

다음해에 딸과 손자·손녀가 보고 싶어 다시 잠깐 들른 할머니 할아버지는 1년 사이에 눈에 띄게 늙으셨다. 그리고 다음해 사돈인 트루스 할머니는 프리다 할머니가 알츠하이머 병(치매)에 걸리셔서 자기가 전화를 걸어도 누구인지 모른다고 안되었다는 이야기를 하셨다. 여기계실 때도 잘 잊어버리고 했던 이야기를 반복하는 경향은 있었지만 가슴 아픈 소식이었다.

그런데 다시 그 다음해 그러니까 작년에 트루스 할머니가 들려주는 소식은 지금도 간혹 생각나며 가슴이 무거워진다. 프리다 할머니의 외딸이자 트루스 할머니의 며느리, 새러가 병원에서도 원인을 알 수없는 병으로 3개월째 입원하고 있다는 것이었다.

트루스 할머니는 말하셨다. "새러가 안됐어, 여기에 가족도 없고, 친정어머니는 아무것도 기억하지 못하고 요양원에 있고 아버지는 어머니 때문에 딸이 아파 누워 있어도 이곳에 와보지도 못하니." 그리고 나서 이렇게 덧붙였다. "내 아들이 참 안됐어. 마누라는 입원해 있고 아이를 넷이나 돌보아야 하고, 직장 일도 제대로 못 하고 있잖아."

　얼마 뒤에 트루스 할머니를 다시 만났을 때 새러가 아직도 입원해 있는지, 병명은 알게 되었는지 물었다. 할머니는 아직도 입원해 있다는 이야기 끝에 덧붙였다. '내 아들 불쌍해'라고, 이번에는 새러 불쌍하다는 말씀은 없이. 시어머니는 어쩔 수 없이 며느리보다 아들에게 더 마음이 가는 것은 동양이나 서양이나 같다. 딸 가진 부모가 억울해하는 것도 마찬가지고.

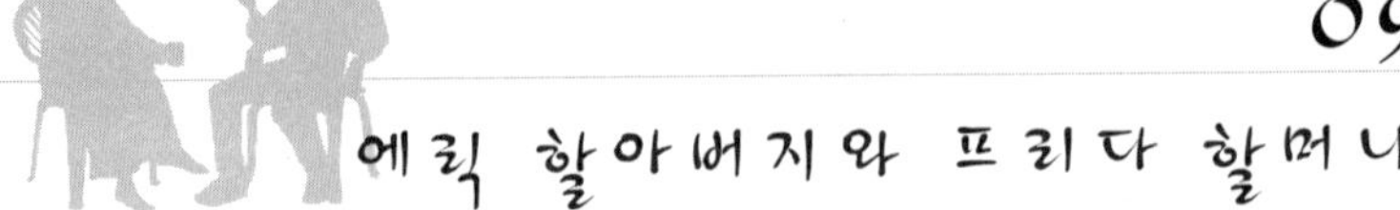

# 에릭 할아버지와 프리다 할머니

뉴질랜드에서 계속 살 거니, 아니면 언젠가는 돌아갈 거니? 키위 친구들에게 가끔 받는 질문이다. 문화가 다르기 때문에 내가 결국은 돌아갈 거라고 생각해서 그런 질문을 하나라는 게 나의 처음 생각이었다. 실제로 정착을 못 하고 돌아가는 아시아 이민자들이 꽤 많다. 특히 1998년 홍콩이 중국에 이양될 때를 앞두고 이민 왔던 홍콩 사람들은 홍콩 이양 후에 아무 일 없음을 확인한 후 거의 다 도로 가버려 그 사람들이 몰려 살던 곳이 텅 빈 적도 있다. 그러나 그들이 돌아간 이유는 문화적인 배경보다는 경제적인 이유가 더 크다. 이곳보다 홍콩에서 돈을 더 벌 수 있으니까.

어쨌거나 나는 이민 올 때 다시 돌아가리라는 생각을 해보진 않았다. 그렇다고 죽을 때까지 살기 위해 이민 온 것도 아니다. 한마디로 뉴질랜드에 살러 가는 거라는 그 이상의 생각은 하지 않았다. 내가 능

곡에 살다가 영등포구로 이사를 갈 때 영원히 영등포에서 살 건지 아
니면 다시 이사할 건지 생각하지 않았듯이.

그래서 그런 질문을 받으면 처음엔 당황했다. 뭐라고 대답하나. 이
런저런 가능성을 생각해본 적이 없는 질문인데. 여기서 죽을 때까지
살 거라고 장담하기도 우습고, 언젠가는 돌아갈 거라고 대답하기도
얌체 같고(왜 얌체 같은 느낌이 드는지는 I장 02에서 언급한 바 있다). 그래
서 결국은 모르겠다는 대답을 할 수밖에 없었다. 어떤 때는 "글쎄" 그
러면서 실없이 웃는 게 내 대답이다.

처음 우리 교회에 간 날 내 옆에 앉아 있던 분은 에릭 할아버지와 프
리다 할머니다. 지금 생각해보니 찬송가를 웬만큼 따라 부르는 내가
귀여워 보였던 모양이다. 내가 속한 같은 장로교이지만 미국 장로교
영향을 받아 미국 찬송가가 주종을 이루는 우리나라 교회의 찬송가와
는 달리 영국 찬송가라 거의 아는 게 없고, 더구나 악보도 없이 가사만
있는 찬송가라 적당히 따라 부를 수밖에 없었지만, 워낙 찬송가 곡들
은 예측이 가능해서 슬금슬금 따라 부를 수 있었다.

예배가 끝나자 이름이 뭐냐부터 시작하여 말을 걸고 다정하게 대해
주셔서, 이 나라 사람들은 정말 친절하구나라고 생각하게 만든 분이
다. 그 후 할아버지 할머니는 남편과 나의 보호자가 되셨다. 평소에는
없지만 마침 크리스마스를 위해 성가대 모임이 있으니 성가대를 하자
는 그분들의 권유를 받아들였더니 운전을 못 하는 나를 위해 우리 집
까지 일일이 데리러 오고 데려다 주셨다. 이런저런 무료 콘서트에 대

한 정보도 주고 그분들이 콘서트에 가실 때는 나를 데리고 가는 것을
당연하게 생각하셨다.

에릭 할아버지는(커크 더글러스를 닮았다고 나 혼자 생각하면서 그 말을
하면 실례인지 아닌지 몰라 말은 못했지만) 아주 젠틀한 영국신사였고, 프
리다 할머니는 종달새처럼 명랑하고 나보다 작고 날씬한 할머니였다.
처음에는 그분들이 당연히 키위인 줄 알았다. 그러나 그분들과 가까
워지고 그 집에도 놀러 가면서 우리보다 1년 먼저 영국에서 이민 오셨
다는 사실을 알게 되었다.

딸이 하나 있는데, 그 딸이 대학 시절 뉴질랜드에서 유학 온 청년과
연애하여 결혼했고, 남편 따라 뉴질랜드로 왔기 때문에 몇 번 뉴질랜
드를 방문했다고 한다. 할아버지는 엔지니어였는데, 은퇴하고 나서
할아버지의 아버님이 돌아가시자 영국에는 더 이상 가족이 남아 있지
않기 때문에 외동딸이 결혼해 살고 있는 뉴질랜드로 아예 이민 오셨
다고 한다. 그리고 원래 성공회 교인인데, 네덜란드에서 이민 온 사돈
할머니 할아버지가 우리 교회에 다니기 때문에 같이 우리 교회에 나
오시게 되었다고 한다.

할아버지가 어느 날 영국으로 돌아가려고 집을 내놓으셨다고 해서
나는 놀랐다. 지금부터 4년 전 일이다. 같은 영연방이기 때문에 이곳
에서도 여전히 영국에서 주는 연금으로 생활하시는데, 뉴질랜드 달러
가치가 많이 떨어져 처음 오실 때에 비해 소득도 줄었지만 고향이 그
립다고. 할머니는 돌아가서 친구들 만나는 것은 좋지만 여기서도 친

구를 다시 사귀었고 무엇보다 이곳에 하나밖에 없는 딸도 있고 손자 손녀도 있어서 떠나고 싶지 않은데 할아버지가 돌아가자고 우긴다면서 살짝 눈을 흘기셨다. 여자들은 어디 가나 잘사는데, 남자들은 다 저렇다고 하면서.

얼마 후 집을 끝내 팔아버리고 두 분은 영국으로 돌아가셨다. 그곳에서 이곳을 그리워하신다는 이야기를 사돈 할머니네를 통해 듣다가, 1년 후에 그분들이 뉴질랜드에 다니러 오셨을 때 뵈었더니 그 사이에 많이 늙으셨다.

그리고 가신 후에 나도 전화 한 번 하고 크리스마스 때는 카드도 오갔으나 2년 뒤 할머니가 치매로 기억을 거의 상실해 사돈 할머니가 전화해도 모르는 사람 취급한다는 이야기를 들은 뒤로는 그런 상황에 영어로는 어떤 식으로 위로의 말을 해야 할지 혼자 답답해하다 소식이 끊겼다.

누가 나보고 나중에 한국으로 돌아가서 살 거냐는 말을 물어보면 그분들 생각이 난다. 겉보기에는 모습도 같고 언어도 같은 언어라 우리처럼 말에서 답답함을 느끼지도 않고, 텔레비전의 한 채널은 영국 프로그램만 방영하는데도 고향이 아니라고 결국은 고향으로 돌아간다면, 나도 모를 일이다 싶었다.

# 어디든 그런 사람은 있게 마련

몇 해 전에 여자 장관이 음주운전에 걸려 사임했다. 밤늦게까지 사무실에서 일하면서 혼자 포도주를 마셨다는 것이다. 한 잔 두 잔 먹다 보니 음주측정 한도량이 넘었는데 집에 돌아가다가 경찰에 걸린 것이다. 능력 있는 장관이었는데 이틀 후 사임했다. 음주운전은 잘못이지만 그렇게 밤늦게까지 장관이 일하다니, 그리고 포도주를 마셨더라도 운전기사가 있었더라면 음주측정에 걸리지 않았을 텐데 하고 우리는 동정했다. 그렇지만 경찰도 대단하네, 장관이라고 봐주지 않고 음주측정을 하다니, 이 나라 경찰은 관용차 번호도 모르나 하면서 이야기를 나누었다.

이 나라 공무원이 깨끗하기로 세계 몇 위 안에 든다고 하니 경찰도 아마 그럴 것이다. 음주측정에 걸린 한국인 이민자가 우리 식으로 경찰에게 돈을 주었다가 오히려 그 일로 인한 죄목까지 추가되었다는 이야기를 들은 적도 있다. 그리고 그런 일이 통하지 않는 것이 우리 이 민자들 사이에서는 이야깃거리로 오른다. 그런데 나에게는 경찰에 대해 별로 유쾌하지 않은 기억이 있다. 어느 세상이든, 어디든 그런 사람은 있게 마련이다라는 생각을 하게 만드는 일이 있었다.

이민 온 지 1년도 채 안 되었을 때의 일이다. 아침에 나간 남편이 몇 시간 안 되어 돌아왔다. 차사고가 난 것이다. 모터웨이(고속도로) 진입로를 가는데 옆길에서 차가 하나 튀어나왔단다. 그 차는 잘못 튀어나온 것에 놀랐는지 서버렸고, 남편은 반대편에서 오는 차를 피해 인도 쪽으로 차를 꺾어 피하려다가 그 차 뒤를 박았다고 한다. 그 사람은 자기 잘못을 인정했고, 경찰차가 오더니 경관도 남편보고 잘못 없으니 안심하라고 했단다. 마침 그곳을 지나가던 견인차 운전사는 일거리가 생겼다고 서 있었지만 둘 다 AA 멤버라 그 견인차를 이용할 일은 없었다고.

그 후 한 달도 더 지난 어느 새벽에 현관문을 쾅쾅 두드리는 소리에 놀라서 나가니 경찰이 서 있어서 더 놀랐다. 경찰이 뭔가 내밀며 소환장이라는 것이었다. 웬 소환장이지? 놀라서 펴보니, 부주의한 운전 혐의로 법원에 출두하라는 남편에게 온 통지서였다.

남편은 기막혀하면서 변호사를 찾아갔다. 설명을 들은 변호사는 경찰에 편지를 써서 항의했지만 경찰은 끄떡 안 했다. 법원에 가야 할 날짜는 다가오고 억울해하다가 남편은 그때 상황에 대한 증인이 있음을 기억해냈다. 건수 올릴까 하고 옆에서 기다리던 그 견인차 운전사가 증인이 필요하면 증인 서주겠다고 명함을 주었단다.

증인이 있다는 이야기를 들은 변호사는 그 사람에게 연락해서 증인을 요청하라 했고, 남편은 즉시 연락을 했다. 견인차 운전사는 사고 난 현장에 빨리 가야 하니까 혹시 경찰에게 잘 보여야 하기 때문에 경찰에 불리한 증인을 해주려 할지 염려하면서. 다행스럽게도 그 운전사는 그 사건을 기억한다면서, 증인을 서주겠다고 쉽게 응낙했다. 변호사는 그 현장에 증인이 있다는 것을 알리는 편지를 경찰에 보냈고, 그 편지를 받자마자 경찰은 고소를 취하했다. 이 일은 우리에게 경찰에 대해 깊은 불신감을 심어주었다. 남편이 사고 직후에 한 이야기로는 상대편 차를 운전한 사람은 비즈니스맨같이 보였고 점잖았으며 차도 좋은 차였다고 한다.

몇 년 뒤 비가 부슬거리는 날 친구 집에 놀러갔다. 주차에 자신 없어 어디를 가나 늘 널찍한 공간에 차를 세워놓고 걸어 다니는 나는 처음 가는 그 집 안으로 차를 몰고 들어갈 마음이 없어서 길가에 차를 세워두고 들어갔다. 얼마 후 누군가 그 집 문을 두드리며 혹시 그 집 앞 길가에 차를 세워놓지 않았느냐고 묻자, 친구가 혹시 내 차가 아닌가 하고 나에게 물었다.

허름한 작업복을 입은 사람이 문 밖에 서서 말했다. "미안합니다. 당신 차를 박았어요. 비가 와서 창에 김이 서려 뒤창이 잘 안 보여서 그렇게 됐네요"라고 하면서 명함을 주었다. 어느 전기설비회사의 직원이었다. 거의 사람이 다니지 않는 한적한 길에 더구나 비까지 내려

현장을 본 사람이 있으리라는 생각이 들지 않았다. 그 사람이 자기 잘못에 대한 책임을 지기 위해 나를 찾았을 뿐이라고 느끼자 고마운 마음과 함께, 그 사람 차는 회사 차던데 이런 일로 회사에서 곤란을 당하지 않을까 하고 염려되었다.

이 일로 인해 몇 년 전 경찰까지 불신하게 만들었던 사건의 쓰라림은 많이 사그라들었다. 또 역시 사람 사는 곳은 어디나 똑같다는 생각을 했다. 점잖아 보여도 일을 왜곡시키는 사람, 가진 것이 많아도 조금도 손해 보지 않으려는 사람, 그런가 하면 어수룩하게 한없이 정직한 사람, 이리저리 잴 줄 모르는 사람, 이런 모든 사람들이 함께 살면서 화나는 이야기, 즐거운 이야기, 슬픈 이야기, 기쁜 이야기들을 만들어 가는 것은 여기나 거기나 같다는 생각이.

# V 부모가 먼저 알아둘 일

# 학교에서 부르면 반드시 가라

한국에서는 학교에서 오라고 하면 봉투를 준비해서 가야 한다. 전교조의 돈 안 받기 운동이 얼마나 자리 잡았는지 모르지만, 적어도 1993년에 내가 한국을 떠날 때까지는 그랬다. 강남에서는 가격이 달랐는지 모르지만 일반적으로 서울 대부분의 지역에서는 학기 초 10만 원, 학기 말 10만 원으로 가격이 정해져 있었다. 아이를 반장이나 학생회장 시키려는 엄마는 좀 더 주어야 하지만.

거기다가 당번제로 청소하는 것은 기본이고, 내신 최고 등급을 받기 위해 아이를 학생회장 시키고 싶은 엄마는 교장 선생님과 나이트까지 함께 가야 한다는 이야기를 들었다. 그 이야기를 들은 것이 5년쯤 전이니까 그 사이에 달라졌는지는 모르겠다.

이처럼 한국에서는 학교에서 오라 그러면 가야 하고, 학교에서 오라 그러지 않아도 가서 돈 주고, 몸으로 때워야 할 경우가 많다. 그런 것

싫어서 아이들 데리고 이민 가는 사람도 있고, 조기 유학을 데리고 가는 사람들은 그런 것을 피해서라기보다는 아이들이 장래에 더 많은 기회를 가질 수 있는 교육을 제공하려 간다. 간단히 말해 더 좋은 교육을 받게 하려고 조기 유학을 데리고 가는 것이다. 그런데 막상 조기 유학을 데리고 가서는 아이들에게 해주어야 할 기본적인 것도 해주지 않는다. 초·중·고등학교에서는 학년 초에 학부모의 밤이 있다. 우리네 가정 방문과 비슷한 것인데 그것보다는 폭이 더 넓다. 학교에 가면 담임 선생님과 과목을 가르치는 선생님들이 넓은 강당에 책상을 하나씩 차지하고 앉아 있다. 먼저 담임 선생님과 이야기하고 다음에는 원하는 학과목 교사와 만난다.

돈봉투는 필요 없다. 주어도 받지 않고, 이상한 눈으로 쳐다본다. 대화 내용은 아이에 대한 정보를 교환하는 것이다. 선생님은 학교 안에서의 아이만 알고, 부모들은 집에서 보는 아이만 안다. 그 둘 사이에 소통이 필요하다. 그 소통을 하는 시간이다. 특히 학부모의 요구사항을 교사들이 듣는 데 주안점이 있다.

학부모의 밤은 학교 교육에서 아주 중요한 일이라 현지인 부모들은 모두 참석한다. 자기 아이에 대해 선생님과 이야기할 수 있다는 사실에 약간의 즐거움도 느끼면서. 그런데 대부분의 한국 부모들은 참석하지 않는다. 영어 때문이다.

영어로 선생님과 이야기하는 것 자체도 꺼리고 싫지만, 영어를 못하는 부모를 둔 사실을 선생님이 알면 자녀가 손해 보지 않을까 하는 우려가 더 크다. 이런 걱정은 전혀 잘못된 것이다. 한국 학생들이 많은 학교에는 통역을 해줄 사람을 학교 측에서 준비해두기도 하고, 자신이 영어 잘하는 사람을 데리고 가도 된다. 그리고 부모가 영어 못한다고 얕보거나 무시하지 않는다. 아이에게 불이익을 주는 일은 더더욱 없다.

혹시라도 자의식 강한 부모가 '제가 영어를 못해서……'라고 부끄러움을 표하면 '제 한국어보다는 나은데요'라고 대답해주는 선생도 있다. 한국 부모가 영어를 못하는 것을 교사들은 당연하게 생각한다. 아이들이 영어를 못하는 것도 이해한다. 그런 아이들이 영어를 잘하고, 영어로 수업을 따라가게 해주는 것이 자기들의 일이라고 생각을 하기 때문에, 아이들이 영어를 못하는 것은 해결해야 할 과제이지 귀찮은 골칫거리가 아니다. 학교란 기본적으로 아이들을 가르치는 곳이다. 영어든, 과학이든.

제일 나쁜 것은 부모가 가지 않는 것이다. 한국인 학부모가 나타나지 않았을 때 '아, 이 아시안 부모가 영어를 못해서 부끄러워서 안 왔나 보구나'라고 생각해주는 교사는 아무도 없다. 아시안을 무시해서 그러는 것이 아니라 자기들 상상 범위 밖에 있기 때문이다.

그들의 경험을 바탕으로 내리는 판단은 '학부모의 밤에 오지 않는 부모들은 아이의 교육에 관심이 없는 사람들'이다. 현지인들은 그러니까. 아시안 부모들이라고 특히 다른 이유를 가졌으리라고 상상이 되지 않는다.

　자녀가 부모의 관심을 받지 못하는 아이 취급을 당하지 않기를 원하거든 학교에서 오라고 할 때 반드시 가라. 영어를 못해도 되고, 돈봉투는 더더욱 필요 없다. 청소도 시키지 않고, 회식 끝나고 2차 가는 선생님들 따라 나이트에 가서 교장 선생님의 블루스 파트너를 할 염려는 접어두시고.

# 교회에서 만난 사람이라고
# 너무 믿지 마라

나는 30년 이상 교회를 다닌 기독교인이다. 그러므로 이 내용이 기독교나 교회를 폄하하려는 의도가 아니라는 것을 알고 읽기 바란다.

예수님도 이미 예언하셨다. "양 무리 속에 가만히 들어오는 이리가 있다"라고. 이리가 어디서 놀겠는가? 사자들 한가운데서 놀겠는가, 다른 이리들과 함께 놀겠는가? 그랬다가는 굶어죽는다. 이리들은 양 무리 속에 들어와서 양들과 어울려 놀 수 있으면 최고의 생존 조건이다. 양의 탈을 쓰고 들어오면 더욱 다른 양의 경계심을 늦출 수 있다.

인간 세상에는 양 같은 사람들도 있고, 이리 같은 사람들도 있다. 이리 같은 사람들은 양 같은 사람들을 등쳐먹거나 속여서 뺏는 돈으로 산다.

조기유학을 온 곳에는 대부분 한국인 교민사회가 형성되어 있다. 그런 곳은 당연히 한국인 교회가 있다. 한국에서는 교회를 안 다니던 사람도 외국에 나가면 한국인 교회에 나가곤 한다. 비슷한 처지에 있

는 한국사람끼리 만나서 한국말을 시원하게 할 수 있고, 먼저 온 사람
들에게 도움을 받을 수 있으니 한국인 교회에 나가는 것이 인지상정
인 것도 같다.

독하게 마음먹고 한국인 교회에 안 나가고 생활할 수 있다면(아니면
현지인 교회에 출석하면서 생활할 수 있다면) 본인과 자녀들의 현지 적응
과 영어 습득에 더 유리하겠지만, 대부분의 한국인들이 그렇게 하지
않는다. 아이들 영어 공부 시키겠다고 남편도 혼자 살도록 버려두고
외국까지 갔지만, 정작 거기서 한국인 사회와 격리되어서 살 용기는
내지 못하는 것이다.

한국인 교회에 나가서 도움을 받기도 하지만, 손해를 보는 것이 더
많다. 끊임없이 서로 간섭하고, 서로 뒷말을 하는 곳이 교회다. 진저
리를 치면서도 그걸 끊지 못한다. 그래도 그 정도는 괜찮다. 진짜 문
제되는 것은 작심하고 물정 모르는 사람들 돈을 뺏어 먹을 계획으로
교회에 출석하는 사람들이 가끔 있다는 것이다.

그들은 아주 모범적으로 교회 생활을 한다. 새벽기도도 열심이고,
교회나 교인들의 어려운 일이 있으면 앞장서서 도와준다. 예수님 말
씀을 그대로 실천한다. 5리를 가자고 하면 10리를 함께 가주고, 겉옷
을 달라고 하면 속옷까지 벗어준다. 다른 목적을 가지고 그렇게 행동
하는지, 진정한 신앙에서 그렇게 하는지 다른 교인들이 알 수가 없다.
목사님도 모른다. 하나님은 사람의 중심을 보시지만, 하나님의 종인
목사님에게 그런 능력까지 주시지는 않았다. 그래서 목사님은 '열매

를 보고 나무를 안다'고 생각하고 그런 열심을 보이는 사람에게 집사나 장로의 직분을 준다. 겉으로 나타나는 그들의 태도와 행동은 그리스도인의 전형이다.

그러다가 어느 날 작전개시의 날이 온다. 좋은 사업계획이 있다거나, 정상적인 방법으로는 나오지 않는 영주권을 받아주겠다는 제안을 하고 투자를 하라거나 비용을 내라고 한다. 모르는 사람이 그런 제안을 했다면 받아들이기 어려울 내용이다. 너무 비현실적으로 조건이 좋거나 불가능한 것을 해주겠다고 하니까. 그러나 그 제안을 하는 사람이 교회에서 매주 마주치는 교인이고, 교인 중에서도 목사님과 회중에게 두터운 신망을 받는 사람이다. 그러니 우리 한국사람들이 좋아하는 말로 '믿고' 돈을 맡긴다. 그것도 거금을. 사업의 경우에는 가산의 대부분을.

그렇게 '믿고' 맡긴 돈은 대부분의 경우 다시 얼굴 보기 어렵다. 한국과 같은 주민등록제도가 없는 나라여서 그 사람이 그 도시를 떠나버리면 어느 나라 어느 도시에 있는지도 알기 어렵다. 출국금지를 시키려 해도 대부분 성공하지 못한다. 그런 사기꾼은 대개 여권을 여러 개 가지고 있다.

그러면 어떻게 하라는 말인가, 모든 교인을 의심하며 살라는 말이냐? 하고 물을 것이다. 현실적으로 그렇게 살 수는 없다. 그런 질문에 대한 대답으로 옛날부터 내려오는 지혜의 말씀이 있다. '사람은 믿되 돈은 믿지 말라'는 말이다. '교우는 교우고 사업은 사업이다', '사업은 사업적 관점에서 검토한다', '변호사를 통해 담보를 잡지 않고서는 절대 돈을 꿔주거나 투자하지 않는다'라는 마음을 가지고 있으면 이런 사기에 휘말릴 가능성이 훨씬 낮아진다.

정말 투자를 하고 싶거나 영주권을 받고 싶으면 변호사를 통해 돈을 지불하라. 사업 투자의 경우에는 변호사와 회계사 두 사람의 검토 의견을 받아서 결정하면 사기를 당하는 것은 피할 수 있다. 그러나 안타깝게도 많은 사람들이 돈을 지불하고 난 뒤에 변호사를 찾아온다. 그럴 경우 대부분은 돈을 되찾지 못하고 변호사비만 날리게 된다. 사고가 난 뒤에 찾아갔을 때의 변호사비는 사고를 예방하기 위해 찾아가는 변호사 비용의 몇 배, 몇십 배가 된다.

# 집을 구하기 전에 알아둘 일

한국의 외환규제가 많이 완화되어서 조기 유학을 가는 가족들이 살 집을 현지에서 구입할 수도 있게 되었다. 한국의 부동산 규제 정책과 맞물려서 현지에서 주택을 구입하려는 사람들이 늘어나고 있다. 외국에서 부동산을 구입하려면 한국과 다른 그 나라의 특유한 부동산 시장 성격을 먼저 파악해야 한다. 한국에서 이랬으니까 외국에서도 그럴 것이라고 짐작하고 샀다가는 손해를 보기 십상이다.

1980년대 미국 부동산에 투자했던 일본인들이 대부분 손해를 보고 돌아갔다. 최근에 캐나다나 호주의 부동산을 한국에 소개하는 세미나에 가보고는 해외부동산에 투자하려는 한국 분들에 대해서 걱정을 하지 않을 수 없었다. 한국에서 세미나를 개최해서 파는 미국이나 캐나다 혹은 호주의 부동산은 대부분 아파트다. 위치 좋고 시설이 좋아서 살기에 편하고 나중에 팔기도 쉽다는 주최 측의 설명이 곁들인다. 한국에서의 경험에 비추어보면 그럴듯하다.

한국은 부동산 투자 목적으로 주택을 구입하려면 당연히 아파트를 산다. 개발지 부동산을 사는 경우를 제외하고. 강남의 아파트 가격 상승률은 다른 어떤 부동산도 감히 대적하지 못한다. 그러나 그것은 한국의 사정이다. 뉴질랜드에서는 샀다가 팔 때 원금도 건지지 못할 가능성이 높은 것이 아파트다. 특히 한국까지 와서 세미나를 해서 팔려고 하는 아파트에 대해서는 한 가지 질문이면 족하다. '과연 그렇게 전망이 좋은 아파트면 왜 여기까지 와서 팔려고 할까?' 1998년 정도부터 불기 시작한 뉴질랜드의 오클랜드 시내 아파트 건설 붐의 수요자는 한국인과 중국인 등 아시아인이다. 그때부터 지금 사이에 오클랜드의 주택 가격은 평균 두 배 반 정도 올랐는데 아파트는 그때의 분양가를 맴돌거나, 특별히 위치가 좋은 곳이라서 예외적으로 많이 오른 곳은 1.5배 정도 오른 것이 최고다. 유학지에서 집을 사려면 단독 주택을 사야 한다.

그보다 먼저 집을 사는 것이 좋은지 임대하는 것이 좋은지에 대해서도 판단을 해야 한다. 장기적으로는 주택 가격이 상승한다. 인구가 증가하는 대도시 지역에서는. 여기에 '인구가 증가하는'이라는 전제가 붙은 것을 주의하라. 미국의 디트로이트 시의 일부 지역에서는 주택 가격이 하락하고 있다는 보도가 최근에 있었다.

아이들을 데리고 조기 유학을 온 부모 중에는 올 때 샀던 주택 가격이 상승하고 한국 원화 대비 뉴질랜드 달러화 가치가 상승한 덕분에 2

년 동안의 생활비와 이주 경비를 제하고도 올 때보다 더 많은 돈을 갖고 한국으로 돌아간 분도 있다.

그러나 부동산 시장이 침체하고 원화가격이 상승하면 도리어 손해를 볼 수도 있다. 부동산 가격이 장기적으로 보면 상승하는 것이 맞지만 조정국면에 들어갔을 때는 거래가 주춤하고, 그 시기에 집을 팔고 한국으로 돌아가야 하는 사람은 커다란 손해를 입을 수 있다.

주택을 사고팔 때는 변호사 비용과 부동산 중개인 수수료가 들어간다. 그러므로 산 값에 집을 팔면 비용만큼 손해를 본다.

2년 정도 아이들을 데리고 와서 있다가 한국으로 돌아갈 사람은 주택을 임대해서 지내는 것이 안전하다.

장기적으로 머물 생각을 하거나, 학교 근처에 마땅한 임대주택이 없을 때는 주택 구입을 생각하게 된다. 최고 집값의 90퍼센트까지 빌려주는 은행융자금 이자가 대개의 경우 월세보다 조금 더 비싸지만, 나중에 집값이 오를 것을 감안한다면 별로 손해 보는 것이 아닐 수도 있다. 오히려 이익을 볼 수도 있다는 판단을 속으로 하면서 집을 구입하기로 결정하게 된다. 그 결정이 맞는지 틀리는지에 대해서는 정답이 없다.

집을 살 결심을 하면 사람들은 거의 대부분 부동산 중개인을 먼저 찾아간다. 이렇게 할 경우에 일이 진행되는 순서는 먼저 부동산 중개인이 보여주는 집을 몇 개 보고, 그중 마음에 드는 것이 있으면 오퍼(Offer)를 낸다. 부동산 중개인들은 오퍼를 반드시 문서로 내야 한다고 하면서 영어로 된 서식을 하나 가져온다.

작은 글씨가 잔뜩 씌어 있는 이 문서에는 부동산의 주소, 소유주의 이름, 매매 가격, 잔금 지불 일자, 계약금, 그리고 특별 조건 같은 것들이 빈칸으로 있다. 거의 모든 사람들이 부동산 중개인의 도움을 받아 이 계약서를 작성해서 건네준다. 이때 사람들은 구입가격에만 신경을 쓴다.

그렇게 작성된 계약서를 중개인은 집 주인에게 가져간다. 이 과정에서 집 주인과 구입자 사이의 직접 대화는 차단된다. 중개인이 '여기서는 반드시 중개인을 거칩니다'라고 하면 외국에서 온 우리는 기가 죽어서 그냥 그런가 보다 하고 따른다. 사실은 꼭 그렇지만도 않다.

사람이 사는 동네는 어디든지 똑같다. 중개인이 협상 능력이 없어서 진행이 더디면 매입하려는 사람이 팔려는 사람을 직접 만나서 담판 짓지 못할 이유가 없다. 어느 나라에도 그것을 금지하는 법은 없다. 다만 관행이 그렇지 않다는 것뿐이다.

중개인들이 그렇게 말하는 배경에는 집을 파는 사람과 사는 사람이 중개인을 따돌리고 자기들끼리 만나서 계약하고 인수인계 작업을 완료해서 중개인들의 수수료를 횡령하는 일이 일어날 것을 우려하는 면도 있다. 실제로 그런 일들이 일어난다. 중개인의 소개로 집을 본 원매자가 나중에 집 주인을 직접 만나서 중개인을 통하지 않고 직접 매입하기로 하고 대신 중개인 수수료만큼 집값을 깎아달라고 하는 것이다.

집 주인은 자기로서는 손해 보는 것이 없다고 생각하고 그 제안에

응한다. 그것이 나중에 알려지면 중개인은 집 주인을 상대로 부동산 중개 수수료 지불 소송을 제기한다.

법원의 판례는 부동산 매매가 중개인을 통해서 완료되지 않았다 하더라도 구입자가 최초에 중개인을 통해서 그 집을 알게 되었다면 매도자는 중개인에게 수수료를 지불해야 한다고 되어 있다.

부동산 중개인이 써주는 계약서를 바탕으로 계약을 체결해도 별문제가 없는 경우가 많다. 그러나 문제가 있는 집이 걸렸을 때는 이 방식으로 계약을 체결했다가 꼬박 손해를 보는 경우가 있다. 도착한 지 얼마 되지 않은 나라에서 처음 사는 집이 혹 어떤 문제가 있는지 모르는 경우가 많다. 내가 사려는 집에 어떤 문제가 있는지 점검하고, 손해를 보지 않도록 계약서를 작성하려면 오퍼를 내기 전에 변호사를 찾아가는 것이 좋다.

뉴질랜드에서는(아마 영국·호주·미국도 모두 그럴 것이다) 부동산의 등기 이전은 변호사의 손을 거치도록 되어 있다. 그래서 매입자와 매도자는 부동산 매매 계약서에 서명한 후 그 계약서를 각자의 변호사에게 갖다 주고, 나머지 이행과정은 변호사의 손을 통한다.

각종 특별 조건이 만족되었는지 여부의 확인, 은행 융자, 잔금 지불과 등기 이전 등이 변호사 사무실에서 하는 일이다. 우리나라에서는 법무사 사무실에서 그런 일을 하는 것으로 알고 있다.

현명한 사람은 오퍼를 내기 전에 변호사 사무실에 계약서를 먼저 보여준다. 그러면 변호사가 그 계약서가 불리하지 않게 작성되었는지, 구입자의 특수한 사정과 의도가 모두 반영되었는지 등을 검토해준다. 그런 검토 작업을 하는 데 별도의 비용을 청구하는 변호사도 있고, 그냥 나중의 등기이전 과정에서 청구하는 비용을 목표로 서비스하는 곳도 있다.

내 의견은 약간의 별도 비용을 지불한다고 하더라도 미리 변호사에게 계약서를 보여주는 것이 낫다는 것이다. 변호사 비용은 몇백 달러 수준인데, 일이 잘못되었을 경우 입는 손해는 몇만 달러 단위이기 때문이다.

오퍼를 내기 전에 변호사에게 오퍼 서류(계약서)를 보여주겠다고 하면 좋아하지 않는 부동산 중개인도 있다. 어떤 이는 '원래 변호사에게는 계약하고 난 뒤에 서류를 보내는 것'이라고 하기도 하고, 아직 계약이 성립하지도 않았는데 오퍼를 낼 때마다 변호사에게 보여주었다가는 그 비용을 어떻게 감당하겠느냐고 걱정을 해주기도 한다.

그러나 맨 처음 오퍼를 낼 때에만 변호사에게 보여주면 그다음부터는 똑같은 내용으로 가격과 집 주소만 바꾸면 되기 때문에 오퍼를 낼 때마다 변호사 비용이 들어간다는 말은 사실이 아니다.

영미권에서는 내게 돈을 받고 조언을 해주는 사람, 즉 변호사나 회계사 같은 사람들은 자기 말에 책임을 진다. 만약 잘못된 조언을 해서 의뢰인이 손해를 보면 배상금을 지급한다. 그들은 그럴 경우에 대비해서 보험을 들도록 되어 있다.

우리나라 사람들은 내게 돈을 받고 조언해주는 전문가보다 아무것

도 모르는 비전문가의 무료 조언을 더 신뢰한다. 최소한 영미권 국가
에서는 그렇게 하면 본인에게 손해다.

# 인종 차별

같은 동네 사는 한국사람 집에 놀러갔다가, 아이가 학교에서 돌아올 시간이 되어 길을 나섰다. 아이가 중학교 다닐 때였다. 집 주인이 나를 배웅하러 나와서도 이야기는 끊이지 않았다. 그 길은 학교에서 오다가 우리 집으로 내려가는 길과 만나는 지점이라 아이가 오는지 살피면서 계속 이야기를 하고 있었다.

우리 옆을 지나가던 키위 남자아이들이 "Hello, Mrs. Gook"이라고 하면서 낄낄거렸다. 같이 이야기 나누던 아주머니는 미처 알아듣지 못하고 인사로 받아들였으나 나는 소리 질렀다. "What did you say?" Gook이란 니그로라는 말처럼 중국사람을 비하하는 말이었기 때문이다. 그 아이들은 그 말에 Mrs.라는 말을 붙여서 얼핏 듣기에는 그냥 인사 같았지만 사실은 욕을 한 거였다.

아이를 만나 집으로 돌아오는 길에 내가 흥분해서 그 이야기를 했다. 그 아이들이 인종차별 하는 거라고. 그랬더니 아이가 하는 말, "뭐 그런 것 가지고 화를 내고 그래, 화를 내면 엄마가 지는 거야. 그런 아이들은 어디나 있어."

나는 이 나라에 인종차별은 없다고 생각하고 그런 일을 당해본 적도 없기 때문에 아이가 하는 말에 놀랐다. "너도 그런 일을 당해봤니?" 하는 나의 물음에 아이가 대답하는 말, "초등학교 때부터 있었어".

"아이들이 뭐라고 그랬는데?"

"미끄럼 탈 때 내가 타고 있으면 차이니스 걸(Chinese girl), 비켜, 뭐 그런 식이지."

"그건 별로 욕 같지는 않은데?" 내 말에 아이는 아니라고, 그게 욕이라고 했다.

"지금 중학교에서도 그러니?"

아까 그 아이들도 우리 아이와 같은 학교 중학생들이었다.

"응, 동양 아이들은 영어를 못한다고 생각하고 동양 아이들이 지나가면 욕을 하는 아이들이 있어, 그런데 사실은 동양 아이들 대부분이 그 말이 무슨 말인지 모르고 그냥 웃기 때문에 재미있으니까 계속 그러는 거야. 여기 아이들은 동양 아이들이 영어를 못한다고 생각하고 영어를 못하니까 바보라고 생각해."

"너한테도 그러니?"

"학교에서는 반 아이들이 나한테 못 그러지. 그런데 집에 올 때 건너편에서 걸어가는 남자아이들이 내가 누구인지 모르는 아이들이면 잘 그래, 나를 향해 욕할 때가 있어. 그러면 난 그냥 안 있지, 그 아이들보다도 더 빠른 속도로 욕을 해주면 멍하니 쳐다보다가 도망가. 어떤 때는 내 친구들이 같이 나랑 소리 지르면서 욕을 해주거든.”

“그런데 왜 그런 이야기를 엄마한테 안 했니?”

“하면 뭘 해, 엄마가 기분 나빠할 텐데. 그리고 자주 있는 일이니까 집에 오면 다 잊어버리거든. 그리고 그런 아이들은 어디나 있어, 한국에서도 있었고. 자기들끼리도 약한 아이들에게는 강하고 강한 아이들에게는 약하고 그러니까 무시하는 게 최고야. 그러다가 정 기분 나쁘면 나도 같이 속사포로 욕을 해주면 돼. 지네들보다 더 말 잘하는 줄 알면 못 그러거든.”

그런 일을 특별히 인종차별이라고 느끼기보다는 어디나 있는 못된 아이들이라고 생각하고 나에게도 그렇게 생각하라고 권하는 아이가 나보다 어른 같다는 생각이 들었다.

아이는 키위 아이들이 욕하는 것보다 같은 한국 아이들이 욕하는 것을 더 괴로워한다. 우리 아이가 이곳에 왔을 때 같은 학년에 남자아이가 하나 있었을 뿐 여자아이가 하나도 없었다. 그러니까 거의 1년 반 동안을 친구 없이 지낸 셈이다.

키위 아이들과도 친구 되기가 쉽지 않았다. 우리 아이 생일에 초대하기도 하고, 너그러운 키위 엄마들이 자기 아이와 우리 아이를 친구 만들어주려고 우리 아이를 초대하기도 했지만 아이들끼리 성격이 맞아야 친구가 되는 거지 억지로 어른들이 분위기를 만든다고 친구가 되지는 못했다. 잠시 친구 해줄 뿐.

이미 친한 친구들이 있는데, 말도 잘 못하는 아이와 호기심으로 몇 번 놀아주는 것도 잠깐이다. 아이가 친구 없이 혼자 논다는 게 가슴 아팠지만, 아이는 걱정하는 나에게 자기는 혼자서도 재미나게 노는 법을 아니까 염려하지 말라고, 자기는 심심한 적이 없다고 말해서 내 마음을 찡하게 했다. 다행히 정말 혼자 잘 지냈다. 책과 함께, 또는 가끔 끼워주는 키위 아이들과 함께.

그러고 나서 이민 붐과 함께 한국 아이들이 늘어나기 시작했다. 그런데도 친구가 없었다. 한국 아이들이 노는 자리에 갔더니, 너는 왜 여기에 왔니 하면서 자기보다 나이 많은 동급생이 다른 아이들한테도 우리 아이랑 놀지 말라고 명령했다는 것이다. 왕따를 당한 셈이다. 그래서 한국 아이들과는 안 논다고 했다.

그렇게 이쪽저쪽 진실한 친구 없이 2년 이상 씩씩하게 버티더니, 친구가 많아지기 시작했다. 우리 아이 주변에 아이들이 모여든다고 선생님이 표현할 정도로. 그 친구들이 지금까지도 친구다. 가끔 한국 친구 없는 걸 걱정하는 나에게 아이는 말한다. '한국 아이든 키위 아이든 서로 좋은 친구가 되면 친구이고 아니면 아니라'고.

사실 우리 아이는 키위 아이와 친해지기 위해 그 아이들 하자는 대로 다 받아주지는 않았다. 실제로 어떤 경우에는 학용품이 예쁘고 풍부한 한국 아이에게 그런 것을 얻어 갖기 위해 일부러 친한 척하는 영

악한 아이들도 있다. 그런 아이들과는 친할 수가 없고 못되게 구는 키위와는 싸움도 불사한다. 어쨌거나 학교에서 키위 친구들과 다니는 우리 아이를 한국 아이들은 예쁘게 보질 않는 모양이다. 고등학교 다니던 어느 날 와서 들려준 이야기.

우리 아이가 화장실에 들어갔는데 한국 아이가 있다가 화장실에 들어가 있는 친구에게 '아무개야, 그년 들어왔다'고 하면서 자기 듣는 데서 욕을 하더란다. "내가 한국말을 못한다고 생각하는 모양이야." 이런 일이 반복되다가 한 달쯤 되면 스트레스가 쌓여 울고 싶을 정도라고 했다.

"키위 아이들은 전처럼 그러지 않니?"

"여전히 있지. 그런 아이들은 무시하다가 나도 같이 욕해주면 되는데, 그래도 한국 아이들이 그러는 게 더 속상해."

집에서 영어를 쓰지 않으니, 영어로 욕하는 것을 들을 기회가 없어서 영어로 욕하지 못하게 만들 기회조차 없기 때문인가. 우리 아이는 영어로는 욕을 할 줄 알 거라 생각하는데, 한국말로는 욕을 듣고도 그냥 속상해하기만 하고 가끔 집에서 그 이야기를 하면서 훌쩍이는 게 한국말 욕을 몰라서인지는 잘 모르겠다.

# 다시 인종차별

10년 전 우리가 이민 오고 그다음 두 해 동안 뉴질랜드에 이민이 쏟아져 들어왔다. 한국뿐 아니라 대만, 홍콩에서도. 1997년 홍콩의 중국 이양을 앞두고 불안함을 느낀 홍콩 사람들이 오클랜드의 한쪽 부분을 거의 차지할 정도로 한두 해 사이에 아시아인들이 눈에 띄게 늘어난 적이 있다. 그러면서  분위기가 달라졌다. 어느 고등학교에서 키위 아이들과 한국 아이들이 패싸움했다는 이야기도 들렸다. 그때 마오리 아이들이 같은 유색인종인 한국 아이들 편을 들지 않고 키위 아이들 편을 들더라는 말도 들었다.

아이가 운전할 나이(열다섯 살)가 되어 중고차를 하나 사야 할 필요를 느끼기 시작했을 때 1,000달러에서 2,000달러 사이의 차를 사야 한다고 우기면서 설명한 이유가 있다. 아이들이 동양인들은 무조건 부자라고 생각한다는 것이다. 자기는 그렇지 않다고 해도 친한 친구들을 빼놓고는 믿지 않는다고 한다. 친구들은 우리 집에 늘 들락거리니까 부자가 아니라는 것을 알지만, 만일 자기가 그 이상 가는 차를 타면 아이들이 자기가 거짓말한다고 생각할 거라는 게 아이의 이유였다.

우리가 처음 왔을 때 3년 된 중고차를 샀는데, 동네에서 거의 새 차에 가까웠다. 그런 환경 속에서 이민 온 동양사람들이 벤츠와 BMW를 몰고 다니고 골드 비자카드를 내밀며 영주권자에게도 혜택을 주는 사회복지금을 타는 일에 이곳 사람들이 기분나빠한다는 말이 들렸다. 같은 동급생이 자기 아버지 차보다 좋은 차를 타고 다니는 것을 이 나라 아이들은 곱게 봐주지 못했다.

한 국회의원이 이런 분위기를 부추기며 이용해 인기를 얻어 대표비례제를 택한 그다음 선거에서 캐스팅 보트를 쥐는 기회를 잡았다. 그때 나는 이러다 호주의 백호주의처럼 유색인종에 대한 차별이 생기면 어떻게 하나 염려했다. 이런 게 남의 나라 사는 대가로 치르는 불안감이구나 하면서. 한편으로는 이런 느낌을 경상도 사람, 전라도 사람이 느끼는 불안감과 비교할 수 있을까라는 생각도 들었다.

그런 분위기도 1년이 못 가 사라졌지만 그때도 실제로 인종차별을 당한다고 심각하게 느낀 적이 개인적으로는 없다. 주변에서 인종차별한다고 듣는 이야기도 생각하기 나름이다.

이곳에서 다시 대학을 다닌 남편이 들려준 이야기가 있다. 어떤 교수를 한국 학생들은 인종차별주의자라고 하는데, 인사를 해도 잘 받지를 않아 한국 학생들을 무시한다는 게 그 이유였다. 그러나 남편은 그 교수가 그렇지 않다고 생각했다. 내성적인 사람이기 때문에 겉으로는 사람을 무시하는 것처럼 보이지만 친해지면 무척 친절하다는 것이다. 실제로 자기하고는 아주 잘 지낸다고 하면서.

우리가 서양사람은 다 활달하다고 생각하는 게 착각이었음을 교회 가족 캠프에서도 느꼈다. 인간관계에 대한 세미나를 하고 자기 성격을 평가하는 테스트를 했는데, 절반 이상이 내성적인 성격이었다. 자기 스스로도 그렇게들 느끼고. 그 결과를 보고 세미나 강사가 하는 말, 그 캠프 참석자만 그런 것이 아니고 뉴질랜드인 절반 이상이 내성적인 성격이라나. 그래서 그런지 서양에서는 길에서 만나면 '하이' 한다고 들었던 것과는 달리 내가 먼저 '하이' 하는 경우가 꽤 많다. 그러니까 이 나라에도 활달한 사람, 내성적인 사람, 잘난 체하는 사람, 수줍어하는 사람, 친절한 사람, 못되게 구는 사람 등, 우리나라에 있는 사람들의 모든 성격을 이곳에서도 다 만날 수 있다고 보면 크게 틀리지 않다.

내가 공정하게 대우를 받는지, 그래서 나도 남들을 공정하게 대우하는지, 공정하게 생각하는지 내 마음을 들여다보면, 가끔 기분 나쁜 일이 있더라도 사람 사는 곳은 다 같다고 생각할 수 있고 내 마음의 평화를 잃지 않을 수 있다.

# VI 조기 유학과 공부법

# 조기 유학은 언제 보내야 하나

조기 유학이니까 조기에 보내야 한다. 자녀가 둘이면 첫아이가 초등학교 6학년이나 중학교 1학년, 작은 아이는(두 살 터울이라고 치고) 초등학교 4학년이나 5학년일 때가 좋다.

조기 유학의 기간은 1년 6개월에서 2년. 2년을 넘기면 안 된다. 그리고는 한국으로 돌아가야 한다. 아이들도 부모도. 영어권에서 고등학교와 대학교를 계속해서 보내면 아이에게 쉽겠지만, 아이에게 쉬운 것이 아이에게 좋은 것은 아니다.

조기 유학을 왜 보내는지에 대해 헷갈리면 내 이론에 동의하기 힘들다. 내가 만나본 경험에 의하면 많은 부모들이 조기 유학을 보내는 목적을 스스로도 정확하게 이해하지 못하고 있다. 그 결과 부모들은 부모들대로 고생하고, 그 결과 참담한 실패로 끝나는 경우가 많다.

아이들이 한국의 교육제도에서 살아남으려고 애쓰는 모습이 안쓰러워서 조기 유학을 보내는 것이면 안 된다.

이미 전 세계적으로 알려진 사실이지만, 중고등학교 기간 동안 한국 교육은 살인적이다. 중학교 3학년부터 새벽 한 시까지 공부해야 하고, 그렇게 3~4년을 공부해도 좋은 대학에 들어간다는 보장이 없다. 이 교육제도가 제대로 된 것인지, 무엇을 고쳐야 하는지는 이 책의 범위 밖이다. 문제는 내 사랑하는 아들딸이 그렇게 고생하는 모습이 안쓰럽고, 될 수 있으면 그 길을 피해 편하고 쉽게 그 기간을 보냈으면 하는 것이 요즘 부모들의 공통된 마음이다. 내가 내 마음을 들여다보면 쉽게 이해가 간다.

그런데 이야기를 들어보니 영어권 국가에서는 오후 3시 반이면 수업이 모두 끝나고, 수업하는 과목도 적고, 아이들을 하나하나 보살피며 창의력을 길러주는 교육을 한다고 한다(사실은 잘못 알려지고, 과장된 내용이 많다. 대개 그렇듯이 껍데기만 보고 간 사람들에 의해 전해진). 계산해보니 경제적인 형편도 된다. 주변에 친구들이나 이웃들 중에 보낸 사람도 많다. 그러니 안 보내주면 나만 나쁜 부모가 되는 것 같다. 그래서 보내는 사람도 있다.

다른 경우는, 요즘 한번 다녀오지 않으면 방학이 끝난 뒤 학급에서 잘나가는 아이들로부터 '따'를 당하는 영어연수가 원인이다. 아파트 단지에 살면서 먹고살 만한 형편이면 보내주지 않을 수가 없다. 그렇게 연수를 갔다가 계속 그곳 학교에 남아 공부하고 싶다고 아이가 보챈다. 자식하고 싸워서 이기는 부모는 드물다. 그래서 부랴부랴 서류를 준비해서 아이를 유학시키고, 아이만 보내놓으면 안 될 것 같아서 엄마도 보낸다. 남편이야 어차피 아내가 집에 있을 때도 아침은 굶고 출근하고 저녁은 거의 매일 밖에서 먹고 들어왔고 주말이면 혼자서 놀러 다니고 싶었던 참이니, 잔소리만 하는 부인과 아무리 애써도 제대로 되지 않는 것 같은 자식 교육을 안심하고 보내놓을 수 있는 곳으로 보내는 것이 크게 어려울 것 같지는 않다.

한국에서 과외를 시키는 돈이면 유학에 드는 비용을 거의 충당할 수 있을 것 같고. 그렇게 해서 조기 유학이 시작된다. 그렇게 조기 유학을 보내는 경우에 문제는 조기 유학의 목적에 대해 가족적 합의가 없다는 것이다. 유학을 가는 목적이 불분명하고 따라서 유학기간에 대해서도 가서 지내보고 형편이 닿고 좋으면 계속 그곳에서 공부를 끝내게 하면 되겠지 하고 막연히 생각한다.

만약 아이들이 중고등학교 때 고생하지 않도록 하는 것만이 목적이라면('만'에 강조점이 주어져 있다는 사실을 명심하시라), 조기 유학보다 더 쉬운 해결책이 있다. 과외를 안 시키거나, 아예 학교를 보내지 않는 것이다.

지금 살고 있는 동네에서는 남들이 다 시키니까 내 자식만 안 시킬 경우 왕따가 될 것 같으면, 시골로 전학을 보내라. 엄마도 따라가든지. 강원도 산간지역이나 도서지방으로. 그곳에 가면 지금도 중고등학교에 다니는 아이들이 수업만 끝나면 책가방 던져놓고 산으로 바다로 놀러 다니든지, 부모님 농사일을 도와주면서 살고 있다.

'말도 안 되는 소리'라는 반발이 금방 들린다. 그렇다. '말도 안 되는 소리'다. 왜 이 '말도 안 되는 소리'를 하느냐 하면, 조기 유학의 목적에 대해 흔히들 잘못 생각하고 있는 점을 분명히 깨닫게 하기 위해서다.

중고등학교 때 아이들이 그냥 편하게 지내는 것, 그것 자체가 조기 유학을 보내는 목적이 아니다. 정확한 목적, 아니면 부모의 희망사항은, '불필요한 것 같아 보이는 경쟁과 별로 필요도 없는 것 같은 과목들을 주입식으로 가르치는 한국의 중고등학교 교육은 잘못된 것이다. 그 때문에 아이들이 쓸데없이 고생하고 있는데, 그렇게 고생하고도 좋은 결과가 있을 것이라는 보장이 없다. 그에 비해 영어권 국가에서 교육을 받게 하면 한국에서처럼 고생하지 않고도 더 좋은 결과를 얻을 수 있을 것이다'라는 믿음에서 '아이들이 더 쉽게, 더 좋은 교육을 받게 하도록 하는 것'이 조기 유학의 목적이다.

또 하나의 목적은 '아이들이 영어를 잘하게 하는 것'이다. '영어를 잘하는 것이 왜 중요한가?' 하고 물으면 대답은커녕 이런 질문을 하는 사람과 대화하는 것은 시간 낭비라는 표정으로 바로 자리를 뜰 것이다. 그런데 이 질문이 중요하다. 미국에서는 거지도 영어를 잘한다. 실업수당을 타먹고 사는 무능력자도 한국의 웬만한 대학교수보다 영어를 잘한다. 그러면 그렇게 영어를 잘하는 미국인 거지가 한국의 대학교수보다 더 바람직한 아이들의 장래인가? 영어를 잘하는 미국의 거지가 한국에 오면 무조건 잘 먹고 잘살 수 있을 것인가? 그 대답은 '아니다'라는 것을 모르는 부모는 없을 것이다. 아이들을 미국에서 실업수당을 타먹거나 거지가 되라고 조기 유학을 보낼 부모는 없다.

영어를 잘하는 것은 미국이나 영국에서는 별다른 특기나 장점이 아니다. 한국에서 한국어를 잘한다고 특별대우를 받는 것이 아니듯이. 영어를 잘하는 것은 그 사람이 한국에 와서 일을 할 때만 쓸모 있는 기능인 것이다. 미국에서 거지나 하층계급으로 살기보다는 한국에서 중산층으로 사는 것이 낫다고 대부분의 사람들은 생각할 것이다. 아이들을 미국의 하층계급의 일원으로 만들려고 조기 유학을 보내거나 아이들을 데리고 미국으로 이민 가는 사람들은 아무도 없다. 조기 유학을 간 아이들이 그곳에서 평생을 지낸다면, 그 아이의 기회는 한국에서 조기 유학을 가지 않은 아이들보다 좁다.

생각을 해보라. 아무리 인종차별이 적다 해도 미국에서 한국인은 아직도 소수민족이고 비주류다. 아이의 기회는 제한되어 있다. 줄도 백도 없고 억양에 약간의 악센트라도 남아 있으면(어릴 때 가면 악센트 없는 영어를 할 수 있겠지만), 단박 머리가 나쁜 사람으로 간주된다. 미국에서 영어를 잘하는 아시안 청년의 기회가 영어를 잘하는 백인 청년보다 적을 것은 당연하다.

한국에서 고등학교를 나오면 과외를 하지 않아도 한국말을 잘한다. 한국에서 대학교를 나오면 한국으로 유학 온 동남아 출신들보다 취업 기회 면에서 비교가 되지 않는다. 여기에 영어를 잘하면 '금상첨화'다. 그렇다. 금상에 첨화를 하려고 아이가 영어를 잘하도록 공부시키고 싶은 것이다. '금상'이 전제되어야 첨화가 된다.

미국에서 살면서 미국인들과 경쟁을 하면 이 '금상'이 없다. 아주 예외적인 경우를 제외하고 아이들을 '조기 유학' 보내는 부모가 막연하게 머릿속으로 그리는 아이들의 미래는 한국 사회에서 '남들보다 잘나가는' 삶을 사는 것이다. 한국에서 잘나가려면 실력만 가지고 되지 않는다는 것을 누구든지 안다. 매일같이 타파해야 한다고 언론과 정부에서 떠들어대지만 학연·지연이 개인의 성공에 중요한 역할을 한다. 학연·지연이 한국에만 있다는 건 우물 안 개구리의 생각이다. 안타깝게도 한국에 있으면 우물 안에서처럼 개구리들 소리가 너무 커서 다른 소리는 들을 수 없다.

학연이나 지연 같은 인맥은 타파한다고 법을 만들고 난리를 쳐도 인간 사회가 존재하는 동안은 없어질 수 없는 것이다. 선진국이 되면 학연·지연과 상관없이 능력으로 사람을 뽑는다고 주장하는 사람들은 그 사회에서 직접 살면서 일해본 경험은 없고 잠깐 학교에 다니면서 책으로 읽은 것을 그 사회의 진상이라고 믿는 사람들이다. 항상 수박 겉만 핥아본 사람들의 목소리가 더 크다.

우리나라에서도 학교에서는 학연·지연이 사회에서 성공하는 데 중요하다고 가르치지 않는다. 공부만 열심히 하고 실력만 있으면 성공한다고 아이들을 가르친다. 그렇게 가르치는 것을 순진하게 믿는 아이들이 학교의 우등생이고 나중에 사회의 열등생이 되는 것이다. 선진국도 마찬가지다. 박사과정을 하느라고 몇 년 동안 있으면서 학교에서 수업 듣고 도서관에서 책 읽는 것으로 대부분의 시간을 보내고 온 사람들이 자기들이 유학했던 나라가 실제로 움직이는 메커니즘을 아는 것으로 생각하고, 우리나라도 그렇게 바뀌어야 한다고 떠드는데 무식하고 용감한 행동이다.

박사학위를 가져도 자기가 모르는 분야에 대해서는 무식한 것인데 한국에서는 미국에서 박사학위 하나만 받아가지고 오면 세상 모든 이치에 통달한 것처럼 행세하고, 또 그렇게 대접을 받는다. 그런 자들이 떠들고 우기는 것 중 하나가 선진국에서는 학연 · 지연이 없고, 그래서 선진국이 되었으니까 우리도 그것을 타파해야 된다고 하는 것이다.

영국이나 미국, 프랑스, 소위 선진 국가 어디를 가봐라, 학연 · 지연을 배제하고 사람을 뽑는 나라가 있나. 영미계는 아주 노골적이다. 우리나라는 그래도 아닌 척이라도 하지. 학연 · 지연으로 사람을 선호하는 것은 인간 본성이다.

인류문명이 계속하는 한 학연 · 지연 등 연고주의는 없어지지 않을 것이고, 한국도 예외가 되지는 못할 것이다. 어릴 때부터 외국에서만 자라나서 한국에 아무런 학연 · 지연도 없는 사람은 한국 사회에서 주도권을 잡는 사람들 밑에서 심부름하는 일만 하게 될 가능성이 십중팔구다. 부산상고만 졸업해서 인맥이 적다고 한탄하는 노무현 대통령에게 미국에서만 공부한 김한길 의원이 '제게 부산상고만 한 학연만 있었어도 더 소원이 없겠습니다'라고 했다지 않은가.

위에 설명한 상황을 바탕으로 조기 유학을 보낼 때 자녀의 미래에 대해 어떤 그림을 그리고 있는지 다시 한 번 검토할 필요를 느끼지 않는가? 영어권에 보내면 반드시 하버드 예일을 나와서 다국적 기업의 한국 책임자가 되거나 미국의 고위 관리가 될 것이라고 믿는다면 엄청나게 잘못된 현실인식을 바탕으로 자녀 교육을 하는 것이 될 것이고, 그 결과가 좋을 가능성은 희박하다. 미국에 이민 가서 뿌리내리고 사는 한국인이 몇백만인데, 그중에서 위의 범주에 해당할 정도로 출세한 한국인 2세가 몇백 명인가, 몇십 명인가? 그러니 가장 현실적인 목표는 한국에서 사회생활을 할 때 남보다 좋은 조건을 갖추고 경쟁할 수 있도록 하는 것이어야 한다. 그러자면 한국의 학맥·지연을 다 갖추고, 그 위에 영어라는 고급 장비를 갖추어서 동기들 중에 앞서는 자가 되게 하는 것이다.

한국에서 학맥은 중고등학교, 그리고 대학교 인맥이다. 이중에서 하나를 희생해야 한다면 중학교 연고다. 초등학교 인맥은 사회생활 하는 데 그렇게 중요하지 않고, 정 필요하면 그 학교에 다니기만 해도 인맥을 형성할 수 있다.

그래서 초등학교 상급반 때부터 중학교 사이에 조기 유학을 하는 것이다. 이 시기에 조기 유학을 하는 이점은, 첫째, 이 기간 동안은 아직 한국의 학교 교육 강도가 높지 않아서 한 2년 비웠다가 돌아와도 과외를 열심히 하면 따라잡을 수 있고, 아이들이 아직 어리기 때문에 단기간에 영어를 습득할 수 있다. 물론 영어권 국가에 초등학교 때 가서 2년 지낸다고 모두 다 영어가 완벽해지는 것은 아니다. 그래서 늦어도 큰 아이가 중학교 3학년으로 복학할 수 있도록 시간 계획을 잡아야 하는 것이다. 이 글의 앞머리에서 제시한 조기 유학을 보낼 아이들의 학년은 이런 바탕에서 계산된 것이다.

# 어떤 학교를 보낼 것인가

조기 유학의 목적은 아이들이 영어를 습득하게 하는 것이다. 기간이 한 2년 정도로 늘어난 일종의 영어 캠프인 것이다. 캠프를 갈 때 무조건 시설 좋은 곳을 선택하지는 않는다. 캠프의 목적에 맞는 시설과 인력을 갖춘 곳을 선택할 것이다. 조기 유학이라는 이름의 엄마 동반 영어 캠프에서 제일 중요한 것은 인력과 캠프 참가자다. 시설은 중요하지 않고, 대개 그만그만하다. 캠프 참가자가 대부분 한국 학생들일 것 같으면 효과가 떨어진다. 차라리 한국에 새로 생겼다는 영어마을에 연수 보내는 것과 별반 다르지 않을 것이다.

한국인이 조기 유학 보낼 영어권 국가라고 해봐야 미국, 캐나다, 호주, 뉴질랜드 정도다. 이 나라들에는 이미 많은 한국인이 이민 혹은 자녀 동반 유학으로 가 있다. 그래서 유학생에게 필요한 서비스를 제공하는 한국인들도 이미 자리 잡고 있다.

대개 유학을 가는 경로는 한국의 유학원 - 현지 유학 에이전트 - 학교 순으로 연결된다. 요즘은 인터넷을 통해 현지 유학원을 바로 접촉하거나, 연수를 가서 소개받은 학교로 바로 가는 경우도 많다. 이 경우에 한국의 유학원은 빠지지만 현지의 에이전트는 회피할 수 없다. 현지의 한국인 에이전트를 잘못 택해서 비용을 날리고 고생한 이야기를 심심치 않게 듣지만, 대개의 경우 현지에서 자리 잡고 오랫동안 서비스를 제공했던 에이전트들은 괜찮다고 보면 된다. 사고치는 사람들은 그냥 알음알음으로 알게 된 사람을 무조건 믿고 맡기는 경우다. 제대로 비즈니스를 하는 사람에게 제 값의 비용을 주고 맡기면 제대로 된 서비스를 기대할 수 있다.

유학원에서 학생과 부모의 비자 취득 건도 대개 서비스의 일환으로 제공하고 있으므로 제대로 된 에이전트를 이용할 때 편리한 점이 많다. 그런 에이전트를 통해 학교를 구할 때, 어느 학교, 혹은 어떤 학교를 택할 것인가는 거의 부모 몫이다. 제대로 비즈니스를 하는 에이전트들은 다양한 학교와 에이전트 계약을 맺고 있어서 학생과 부모의 희망에 따라 연결해준다. 그렇게 하는 에이전트가 유능한 에이전트다.

그렇게 다양한 선택이 열려 있을 때, 어느 지역에 어떤 학교를 선택할 것인가? 물론 에이전트도 나름대로 의견이 있지만, 자기 의견을 강하게 내세우지 않는 경우가 많다. 너무 분명하게 이야기하면 듣는 학부모가 '그 에이전트가 강하게 추천하는 학교에 소개하면 더 많은 커미션을 받는가?' 하고 오히려 불신하는 경우도 있기 때문이다.

에이전트는 다만 자기들이 관련을 맺고 있는 많은 학교의 특징들을 소개하면서, 부모의 결정을 충실히 이행하려 노력할 뿐이다. 그렇게 하는 것이 제대로 된 에이전트이다.

그러면 그렇게 다양한 선택의 기회에서 어떤 학교를 골라야 제일 좋은 결과를 가져올 수 있을까? 앞서 이야기했듯이, 조기 유학으로 가는 나라들의 주요 도시에는 이미 많은 한국 어린이들이 와 있다. 그래서 그 도시에서 좋다고 꼽히는 학교에 가면 이미 와 있는 한국 아이들, 앞으로 올 한국 아이들이 같은 학교에 많이 있는 것은 물론이고, 어떤 경우에는 한 반에 두세 명의 한국 아이가 있는 경우도 있다.

같은 반에 없다고 하더라도 같은 학교에 열 명 정도만 되면 한국 아이들끼리 무리를 짓게 된다. 여기에 끼지 않고 따로 놀 수 있는 한국 아이들은 없다. 그 무리에 소속하면 현지인 아이들과 어울려 놀 기회는 적어지고(사실은 거의 없고), 수업시간에 선생님에게 이야기 듣는 것 빼고는 영어를 사용할 기회가 없다. 겨우 영어로 수업 듣자고 아이를 이역만리에 보내고, 비싼 유학비 대느라고 허덕일 부모는 없다. 당연히 같이 어울릴 제 또래의 한국 아이가 없는 학교를 찾게 된다.

그런데 한국 아이들이 없는 대도시 학교는 도시 저소득층 밀집 지역 학교들이다. 가정환경이 좋지 않은 소수 인종 출신의 아이들이 학생의 주류를 이룬다. 어차피 2년 지나면 돌아갈 것이고, 영어만 하면 되니까 이런 학교라도 괜찮다고 생각할 수도 있다. 문제는 그런 학교에 다니는 아이들이 쓰는 영어는 품위 있는 영어가 아니라는 것이다.

어느 나라든 대도시 변두리의 저소득층 아이들이 다니는 학교는 마찬
가지다. 그러면 딜레마다.

좋은 학교를 가자니 한국 아이들이 많아서 아예 영어를 쓸 기회가
없다고 하고, 한국 아이들이 없는 학교에서는 품위 있는 영어를 배울
수가 없다고 하니, 그러면 아무 데도 갈 데가 없다는 말인가? 해답은
한국사람이 많이 살지 않는 중소 도시에 있는 학교에 가는 것이다. 중
소 도시 중에서도 생활수준이 괜찮은 곳으로. 어느 나라든지 그런 곳
은 있다. 점잖고 교육받은 사람들이 주류를 이루는 깨끗한 중소 도시
가 많은데, 의외로 이런 곳에 한국인이 전혀 없는 경우가 많다.

우리나라 사람들이 의외로 마음이 약해서 외국까지 와서도 한국사
람이 없는 곳에서 사는 것은 두려워하고 꺼린다. 아이들 공부 때문에
남편과 떨어져 사는 희생은 할 각오가 되어 있는 엄마도 한국사람이
없는 곳에서 살아갈 용기는 없다. 그래서 아이의 교육 면에서 보면 가
장 좋은 환경인 중소 도시에 한국사람이 거의 없는 이유가 그것이다.
조기 유학이든 이민이든 막론하고.

아이 때문이 아니라 엄마 때문에 어떤 핑계를 대서든지 한국사람들
이 이미 자리 잡고 있는 대도시에 머문다. 어쩌면 아이들만 와서 소도
시의 현지인 집에서 홈스테이를 하는 것이 엄마가 따라오는 것보다
더 나을지 모른다. 소도시에는 또 하나의 이점이 있다. 아직까지 한국
인을 비롯한 아시아인들을 별로 겪어보지 않아서, 아이들을 먼 데서
온 손님 대하듯 귀하고 친절하게 대하는 것이다. 한국사람들이 많이

겪어간 대도시에는 그런 분위기가 이미 사라졌다.

안타깝게도 먼저 다녀간 한국사람들 탓도 많은데, 좋은 사람들은 한국사람에게 당해서 되도록 상종하지 않으려 하는 경우가 많고, 호감을 얻으려고 한국어 한두 마디 써가면서 접근하는 현지인들은 약게 굴지만 어수룩한 한국인들을 상대로 비즈니스를 하는 데 재미를 붙인 사람들이 많다.

외국에 가면 한국사람을 조심하라고 하지만, 한국사람을 끼고 그들을 상대로 장사하는 사람들이 더 무섭다. 내가 아는 분 중에 어릴 때 시골에서 산을 넘어 고등학교를 다닌 분이 있었다. 그분 말씀이 학교가 늦게 파해서 어두워진 다음에 산을 넘어오는 일이 많았는데, 처음에는 짐승이나 귀신을 만날까 봐 무서웠다고 한다. 그러나 한참 다니고 나니까 정말 무서운 것은 사람을 만날 때였다는 것이었다.

마찬가지로 한국인이 많은 도시가 한편으로는 살기 편하고, 한편으로는 더 위험하다. 음식과 초기에 말상대가 없는 외로움을 극복할 수 있다면 한국인들이 자리 잡고 살지 않는 부유한 지방 도시의 학교가 아이에게 최적이고, 현지인 이웃들과 어울려 살면서 필요한 때에 도움을 받다 보면 엄마의 영어도 늘어나는 부수입이 있다.

# 어떻게 하면 공부를 잘할까 1

공부를 열심히 오래 한다고 성적이 오르는 게 아니다. 요령 있게 하면 적은 시간을 들이고 훨씬 좋은 성적을 거둘 수 있다. 우리 뇌의 작동 원리에 맞추어 공부하는 것이 요령 있게 공부하는 것이다.

머리가 좋아서 한번 배운 것은 잊어버리지 않는 사람도 있다. 포토제닉 메모리를 자랑하는 사람도 있다. 그런 사람들은 선천적으로 그런 재주를 가졌는지 몰라도 학교 성적을 올리기 위해서는 그런 타고난 능력이 없어도 된다.

'나는 기억력이 나빠' 하는 사람도 자기가 좋아하는 가수의 생일, 데뷔 날짜, 히트곡 등은 기가 막히게 외는 경우가 있다. 자기 주민등록번호나 집 주소를 외지 못하는 사람은 거의 없다. 자기 집 주소, 전화번호, 친구와 담임 선생님의 이름을 외울 수 있는 정도의 지능이면 한국이든 미국이든 학교 수업을 따라갈 수 있고, 좋은 성적을 낼 수 있다.

인간은 오감을 통해 수많은 정보를 뇌에 입력시킨다. 냄새, 소리, 모양, 촉감, 맛 등. 그중에서 소리와 모양, 즉 눈과 귀를 통해 입력된 정보는 특히 강력하게 뇌를 자극한다. 우리가 깨어 있는 순간순간 우리의 오관은 주변 환경에서 획득한 정보를 뇌에 입력하고, 뇌는 이것을 인지·분석·판단해서 당장 행동에 옮길 것은 행동에 옮기고 나중에 다시 필요하다고 판단하는 정보는 보관·저장한다. 우리가 매순간 받아들이는 수많은 정보를 모두 뇌가 저장했다가는 나중에 필요할 때 찾아서 쓸 수 없다. 그래서 뇌는 입력된 정보를 분류해서 보관할 것과 폐기할 것을 결정한다.

뇌가 보관하는 기준은 자극이 강한 것, 그리고 관심이 가는 것이다. 하루 중에 겪었던 일 중에서 가장 충격이 컸던 일은 특별히 기억하려 하지 않아도 며칠 동안 기억된다. 그다음이 관심이 가는 일이다. 후삼국을 일으킨 장수들의 이름은 외우지 못해도 자기가 좋아하는 그룹가수 멤버들 이름은 다 외운다. 관심이 있기 때문이다.

수업시간에 듣는 것이 왼쪽 귀로 들어오는 속도보다 더 빠른 속도로 오른쪽 귀로 나가버리는 이유는 그 내용에 관심이 없기 때문이다. 그래서 수업도 지루하고, 예습 복습도 지루하다. 이것을 배워서 내 일생에 시험 보는 것 외에는 아무 필요가 없다고 생각하기 때문이다. 학교에서 배우는 내용에 관심을 가지도록 하는 방법은 다음 장에서 보자. 순서가 거꾸로인지는 몰라도 일단 수업시간에 듣고 이해한 것을 최소의 노력으로 시험 볼 때 생각나도록 하는 방법에 대해 먼저 이야기하겠다.

앞에서 뇌는 중요하다고 판단하는 정보를 우선 기억하고 오랫동안 기억한다고 이야기했다. 이 같은 판단을 내리는 뇌의 기능은 자율적이다. 만약에 내가 내 뇌에게 '이것은 중요하니까 기억해!'라고 명령을 내리면 뇌가 그 명령을 충실하게 이행해서 한번 듣거나 본 것을 시험 보는 날까지 쭉 기억해준다면 인생이 얼마나 편안하겠는가? 내 몸의 한 부분이지만 내 맘대로 안 되는 것이다. 내 몸이 언제나 내 맘대로 내가 원하는 대로 움직여준다면 얼마나 좋겠는가? 그러나 누구 몸도 그렇겐 안 된다.

뇌뿐 아니라 다른 부분도 마찬가지다. 그렇게 된다면 땅콩 김미현 선수는 매일 몇백 개의 스윙을 연습할 필요가 없을 것이요, 김연아 선수는 1,800평방미터의 얼음판에서 하루 종일 지내지 않아도 될 것이다. 그들이 같은 동작을 반복하는 이유는 그들의 몸이 자기가 원하는 대로 움직이도록, 더 정확하게 이야기한다면 원하는 것에 최대한 가깝게 움직이도록 몸을 훈련시키는 것이다. 세계적인 선수들도 그런데 보통 사람밖에 안 되는 우리의 몸이 그들 몸보다 더 내 마음을 더 잘 따라줄 것이라고 기대하는 것은 도둑놈 심보다.

운동선수는 같은 동작을 수백 번 수천 번 반복해서 자기 몸이 그 동작을 익히도록 한다. 그에 비하면 『공부가 쉬웠어요』의 저자 장승수 씨 말이 아니더라도 '공부가 훨씬 쉽다'. 운동선수가 동작을 익히기 위해 하는 노력의 수십 분의 일, 수백 분의 일만 하더라도 학교에서 상위

클래스에 드는 성적을 낼 수 있다.

그런데 그 수십 분의 일 또는 수백 분의 일의 노력도 하지 않고 성적을 올리는 방법이 있다. 시간과 노력 면에서 당신이 지금까지 공부에 들여온 것보다 훨씬 투자를 적게 하고도 더 성적을 잘 올릴 수 있다는 말이다. 어때, 관심이 가는가?

초점은 저장 여부를 판단하는 우리의 무의식이 받아들인 정보의 저장 또는 폐기 여부를 결정할 때마다 저장하도록 하는 신호를 보내는 것이다. 아까 위에서는 '저장하라!' 그런다고 해서 저장하지 않는다고 말했는데, 무슨 엉터리없는 소리인가? '저장하라!'고 명령을 내리는 것이 아니라, '저장하도록 하는 신호'를 보낸다고 했다. 그 방법은 이렇다. 신호를 보내는 작업을 세 번 해주면 수업시간에 배운 것을 거의 완전하게 시험 때까지 기억할 수 있다.

첫 번째는, 수업이 끝난 직후다.

한 시간 동안 선생님께서 열심히 설명해준 것을 당신은 노트에 받아 적었을 것이다. 수업이 끝나면 그 노트를 탁 덮고 다음 수업이 있는 교실로 옮겨가거나, 친구와 잡담을 하거나, 문자를 날릴 것이다. 한 시간 동안 받아 적은 것을 다시 한 번 읽어보는 데 걸리는 시간은 얼마나 걸릴까? 그건 언제 보느냐에 따라 달라진다. 수업이 끝난 직후에 읽어보는 데는 3분밖에 걸리지 않는다. 외우려고 하는 것이 아니라 그냥 '이번 시간에 뭘 배웠더라?' 하고 한번 되돌아보는 것이다. 수업이 끝나자마자 덮어두었던 노트를 집에 가져가서 복습하고 외우려면 적어도 30분이 걸린다. 당일 복습도 하지 않고 시험기간에 처음으로 다시 공부하게 되면 두 시간이 걸린다. '이게 무슨 소리인가?' 하고 이해하는 작업부터 다시 해야 하기 때문이다. 그래서 시험공부가 지겹고 짜증이 나고 하기 싫은 것이다. 즉 3분 만에 할 수 있는 일이 미루었다가 하면 30분, 두 시간이 걸리는 것이다.

수업이 끝나고 3분 동안 노트를 들여다본 사람은 수업 끝난 뒤 한 번도 들추어보지 않다가 시험 때에 한 시간 공부한 사람보다 더 좋은 성적을 올린다. 3분 공부가 한 시간을 이기는 것이다. 가끔 보면 매일같이 노는데 성적은 잘 올리는 친구들이 있다. 그 친구들 중에는 이 비결을 알고 있는 사람이 있을 가능성이 많다.

공부의 기본은 수업 끝난 뒤 3분을 투자해서 노트를 한번 훑어보는 것이다. 이것만으로 석차를 반에서 10등은 올릴 수 있다(이미 반에서 10등 안에 들던 친구는 전교 석차가 올라갈 것이요, 노는 시간을 늘릴 수 있다). 성적을 더 올리고 싶은 사람은 저녁에 30분을 투자하면 된다. 과목당 30분이 아니라 그날 학교에서 여섯 시간 동안 배운 것을 모두 공부하는 데 30분이다. 과목당 5분. 요령은 낮과 같다. 오늘 수업 시간에 배웠고, 수업 끝나고 한번 훑어본 노트를 다시 보면 다 아는 이야기다.

외우고 어쩌고 할 것 없이, '응, 그렇지 그렇지' 하면서 노트를 넘기기만 하면 된다. 그러면 오늘 공부는 끝이다. 이 정도 투자도 하기 싫은가? 설마 성적이 오르기를 바라면서 그 정도 시간도 투자할 수 없다고 말하지는 않겠지.

이 두 가지만 해도 성적은 지금까지 경험해보지 못했던 높은 수준으로 올라갈 것이다. 단, 공부를 시작하고서 성적이 오르는 데는 3개월이 걸린다. 이번 달 학력평가와 다음 달 학력평가에서 당장 성적이 오르지 않는다고 이 방법이 틀렸다고 속단하지 마라. 공부가 쌓여야 성적이 오르는 것이다. 방에 군불을 때도 때기 시작하고 어느 정도 지나야 방이 따뜻해진다. 아궁이에 성냥불 하나 태웠는데 방이 따뜻해지지 않았다고 구들장 잘못 났다고 우기는 자는 바보에다 욕심쟁이다.

여기에 화룡점정! 주말에 일주일 동안 배웠던 것을 다시 한 번 훑어보는 것이다. 거듭 강조하지만 절대 외우려고 하지 마라. 주마간산이라는 말의 뜻을 아는가? 모르면 사전 찾아보고, 주마간산 격으로 노트를 한번 훑고 지나가는 것이다. 그러면 당신의 뇌는 당신이 기억하기 원하는 내용을 시험 때까지, 아니 시험을 치고 난 뒤에 〈도전! 골든벨〉에 나갈 때까지 오롯이 보존하고 있을 것이다.

# 어떻게 하면 공부를 잘할까 2

수업시간에 집중해서 듣는 것이 매우 중요하다는 소리를 귀에 못이 박이도록 들었을 것이다. 그것은 사실이다. 그런데 그게 어렵다. 인간의 두뇌 구조가 45분 동안이나 지루한 톤으로 진행되는 수업시간 내내 집중하도록 되어 있지가 않다. 그동안 물구나무 서 있는 것만큼이나 어려운 것이다. 그래서 유능한 선생님들은 처음 5분과 마지막 5분에 필요한 내용을 채워 넣는다.

그러나 내가 초·중·고등학교를 통해 만나는 수십 명의 선생님이 모두 그런 유능한 선생님이라는 보장이 없다. 사실은 그렇지 않은 선생님을 만날 기회가 훨씬 많다. 당신만 그런 것이 아니라 모든 학생이 그렇다. 세상이 그렇게 되어 있고, 당신이 학교를 졸업하고 어른이 되고, 당신 자녀가 다시 학교를 졸업할 때까지 달라지지 않을 것이다. 그러니 세상을, 현실을 비판하는 것은 대책이 아니다. 이 엉터리 같은 세상은 엉터리 같은 채로 수천 년 수만 년을 계속해왔고, 앞으로도 수억 년을 그렇게 계속해갈 것이다. 지구 온난화로 모든 땅이 바다 아래로 가라앉거나 어리석은 자가 핵폭탄을 터뜨려서 인류를 멸망시키지 않는다면.

그 속에서, 그 불합리한 제도 속에서도 좋은 성적을 거두고 세상에서 성공한 사람이 있고, 불평하다가 자신에게 주어진 능력을 제대로 발휘하지도 못하고 실패자로 인생을 마감하는 사람도 많다. 사실은 후자가 더 많다. 당신은 어느 쪽에 속할 것인가? 어리석은 다수의 하나가 될 것인가, 승리하는 소수의 대열에 합류할 것인가는 오로지 당신의 마음먹기에 달렸다.

각설하고, 우리나라 교실은 아직도 전면에 칠판을 걸어놓고, 선생님은 한 시간 내내 가르칠 내용을 칠판에 적어 내려간다. 교과서에도 있고 참고서에도 있는 내용을. 교과서도 귀하던 19세기에 쓰던 방법을 그냥 습관적으로 반복하고 있다. 사실은 시간을 때우기 위해 그러는지도 모른다.

강연을 해본 사람이면 안다. 칠판에 썼다 지웠다 하면서 이야기를 하면 적은 내용으로 더 많은 시간을 끌 수 있다. 사실 선생님이 수업시간 45분 동안 가르치는 내용은 정신을 집중해서 보면 10분이면 배울 수 있는 것이다. 그래서 머리 좋은 학생들이 성적이 나빠지기도 한다. 수업시간이 지루하기 때문에.

미국에는 그런 아이들을 위한 학교가 따로 있다. 지루한 것을 가지고 아이들을 지치게 만들어버리는 공교육의 틀에서 벗어나 아이들의 지적 수준에 맞는 자극과 도전을 계속 제공함으로써 아이들이 높은 성취를 이루도록 하는 곳이. 그래서 공립학교에서는 중간 정도의 성적밖에 올리지 못하던 수업태도가 불량한 아이들이 영재학교로 옮기고 난 뒤 훨씬 높은 수준의 교육을 받고 시험에서 더 좋은 성적을 낸다.

공교육은 획일화 교육이라고 믿는 우리나라에서 그런 학교를 세우면 귀족 교육이다. 위화감 조성이다 하며 언론이 난리를 칠 것이고, 교육부에서 이런저런 방법으로 방해할 것이기 때문에 실현할 수 없겠지만.


영재가 아닌 당신에게는 어차피 별로 해당사항이 없는 이야기를 가지고 괜히 지면을 낭비했다. 아니, 혹시 당신이 영재인데 여태 모르고 있었을지도 모른다. 위 글을 읽고 자신이 영재가 아닌가 하는 생각이 드는 사람은 바보 같은 생각이라고 흘려버리지 말고 심각하게 테스트를 받아보라.

다시 영재가 아닌 분들을 위한, 영재가 아니라도 손쉽게 수업에 집중하고 성적을 올릴 수 있는 비결 이야기로 돌아가자. 요점은 간단하다. 학교에서 배우기 전에 문제집을 먼저 풀어보라는 것이다. 지금은 학교나 학원에서 선생님에게 배운 다음에 그것을 얼마나 기억하고 응용하고 있는지 확인하기 위해 문제집을 푼다. 그것은 마차를 말 앞에 매는 것과 같은 것이다. 왜 그런가?

사람의 지적 활동 중 가장 강렬한 것이 호기심이다. 누가 비밀이 있다고 하면 알고 싶어진다. 알고 싶은 마음이 강한 상태에서 흡수한 정보는 강한 자극으로 뇌에 입력된다. 강하게 입력된 정보는 오래 간다. 수업시간이 지루한 이유는 수업 내용에 대해 호기심이 없기 때문이다. '선생님이 이번 시간에는 어떤 내용을 가르치실까?' 하는 궁금증을 안고 수업에 들어가는 학생은 하나도 없다고 해도 틀린 말이 아닐 것이다.

궁금하지 않은 이야기를 하니까 듣기는 듣는데 뇌에 아무런 흔적을 남기지 않고 사라져버린다. 선생님이 이야기하는데 내 마음은 딴생각을 하고 있어서 듣기는 하지만 듣는 것이 아닌 경우도 많다. 이것은 내가 게으르거나 머리가 나빠서 그런 것이 아니다.

성적이 좋은 아이들은 수업 시간에 집중을 잘한다. 타고난 성격이 그렇다기보다는 그 아이들은 수업 내용에 대해 다른 아이들보다 궁금증이 많기 때문이다. 그 아이들이 다른 아이들 보다 궁금증이 많은 이유는 그 아이들은 수업 내용을 이해하는 것이 자기 성취, 자기만족에 기여하기 때문이다. 좋은 성적을 받아 들었을 때의 즐거움, 선생님과 부모님의 칭찬, 친구들의 부러움과 질투에 찬 눈초리. 이런 것들을 공부 잘하는 아이들은 안다.

수업시간에 나오는 정보를 흡수함으로써 받는 보상을 알기 때문에 그 아이들은 다른 아이들보다 집중력이 높은 것이다. 그래서 안토니 로빈스 같은 미국의 모티베이션 스피커(Motivation Speaker)는 아이들이 수업을 시작하기 전에 머릿속으로 나중에 성적표를 받아들 때를 그려보라고 권한다. 동기를 강화하기 위해서. 그러나 그 방법이 쉽지 않고 매번 반복하다 보면 자극 효과가 떨어진다.

그것보다 더 쉬운 것이 인간의 본래 속성인 호기심을 먼저 자극시키는 것이다. 학교에서 배우기 전에 문제집을 먼저 풀어보면 모르는 것이 아는 것보다 많다. 내가 모르는 문제를 만나면 '답이 무얼까?' 하는 궁금증이 저절로 생겨난다. 성질 급한 학생은 답안지를 보거나 교과서 또는 참고서를 뒤져서 답을 확인할 수도 있다. 그래도 된다. 사실은 그러면 더욱 좋다. 그러나 그렇게 열심히 공부하지 않아도 된다. 그냥 문제집에 나와 있는 문제들을 한번 보기만 하면 된다. 그러면 우리의 뇌는 저절로 그 문제에 대한 호기심을 갖게 된다. 궁금한 것은 쉽게 잊어버리지 않는다. 그렇게 만들어진 호기심을 가지고 수업에 들어가면 선생님이 가르쳐주는 것이 모두 나의 궁금증을 풀어주는 것이다. 그러면 졸리지도 않고, 딴생각도 나지 않는다. '그렇구나. 그렇지! 그렇지!'를 속으로 연발하며 수업시간 내내 열중해서 선생님의 이야기를 듣는다. 눈을 반짝이며 수업을 듣는 그대를 보고 똑똑한 선생님이면 '저 녀석이 다음 모의고사에서는 일을 내겠구나!' 하고 알아차린다.

그냥 문제집만 한번 훑어보고 가는 것이다. 시간을 많이 들이지 마라. 그러나 빠뜨리지 말고 매번 수업시간 전에 반드시 이 작업을 하라. 성적이 분명히 올라간다.

# 어떻게 하면 공부가 재미있을까

아이나 어른이나 공부가 재미있다는 사람은 없다. 어른들 중에 '그 때 내가 왜 공부를 하지 않았을까?', '고등학교 때 영어 공부를 더 열심히 했더라면' 등의 이야기를 하는 사람들이 많다. 그 말은 지금도 공부하기 싫다는 것이다. 예전에 해두었으면 지금 하지 않고도 실력이 좋을 것이라고 생각하니까 그런 한탄을 하는 것이다.

왜 공부하기 싫을까? 공부하는 것은 두뇌로 노동하는 것이기 때문이다. 노동이라기보다는 훈련 쪽에 더 가깝다. 건강을 위해서 헬스클럽에서 근육을 움직여서 단련시키는 것과 두뇌를 가동해서 새로운 지식을 익히고, 두뇌의 기능을 향상시키는 것은 근본적으로 같다. 강한 의지가 있어야 꾸준히 헬스클럽에서 운동을 하듯이 공부하는 데도 강한 의지가 필요하다.

그런데 대부분의 사람은 의지력이 거기서 거기다. 의지력으로 버티는 사람도 있고, 적은 의지로 자기 두뇌를 계속 움직이게 하는 방법도 있다.

건강을 위해 달리기를 할 때 운동장을 그냥 도는 것보다 축구 시합에 참여해서 공을 쫓아다니는 것이 덜 지루하고, 허벅지 근육을 강화하고 심폐기능을 강화하는 운동을 하느라고 주말마다 아파트 계단을 열 번씩 걸어서 오르내리는 것보다 북한산을 다녀오는 것이 훨씬 쉽다. 그래서 흥미를 유발시키기 위해 교과내용을 만화로 만든다, 비디오로 만든다 하며 난리를 치는데, 그 방법은 그다지 효과가 있어 보이지 않는다. 흥미를 유발하는 방법은 앞글에서 이야기했듯이 '호기심 유발 학습방법'이 제일 효과적이다.

내가 하려는 말은 그런 호기심 유발 학습방법의 전 단계인, '공부를 왜 해야 하는가?'에 대한 답변을 아이에게 제공해야 한다는 말이다. 학교에서 인기가수에 대한 이야기에 끼어들거나, 마빡이 흉내를 내거나, 비보이 춤을 잘 추면 금방 친구들 사이에서 인기가 올라간다.

청소년기에는 또래집단의 승인과 인정이 가장 큰 가치를 갖는다. 그러므로 그런 것을 익히는 데 들어간 노력은 금방 보상효과가 있다. 그러나 공부를 열심히 해서 성적이 좀 올라가봤자 친구들 사이에서 '짱'이 되지는 못한다. 오히려 '따'가 되지 않으면 다행이다. 부모님이 좀 좋아하시겠지만 그 나이에는 부모님의 인정이나 칭찬이 별로 의미가 없다. 그러므로 공부를 하는 것은 참으로 지루하고 짜증나는 일이다. 그런 상태에서는 아무리 동기유발 방식의 학습방법을 사용해도 별로 효과가 나지 않는다.

아이가 공부를 하게 하는 가장 좋은 방법은 아이에게 '비전'을 갖게 하는 것이다. 공부를 해서 이룰 수 있는 성공을 희망하고, 간구하게 하는 것이다. 가장 좋은 것은 '역할모델'을 제시하는 것이다. 청소년기에 어떤 사람을 보고 '나도 저 사람처럼 되고 싶다'고 결심한 아이들은 그런 결심을 하지 않은 아이들보다 목표를 이룰 가능성이 높다. 문제는 직업의 세계와 학교가 분리되어 있어서 아이들이 롤 모델을 보고 감동을 받을 기회가 거의 없다는 것이다.

얼마 전 어느 교회의 유치원에서 졸업하는 원아들에게 나중에 커서 뭐가 되고 싶은지 물었다. 남자아이들은 축구선수·경찰관 등이었고, 여자아이들은 미용사·유치원 선생님 등이었다고 한다. 대통령이나 정치가, 기업가, 교수 등이 되겠다고 한 아이는 한 명도 없었다고 한다.

그 이야기를 소개한 목사님은 예전에는 아이들이 모두 대통령이 되겠다고 했는데, 요즘은 아이들이 그런 권위적인 모습보다는 생활 주변의 인물들을 모델로 삼는다고 '바람직한 현상'이라고 평가했다. 내 생각은 정반대다. 직장과 가정의 분리, 특히 분당이나 일산 등 베드타운에서는 아이들이 보는 사람은 텔레비전에 나오는 축구선수나 연예인 아니면 미용사나 경찰관뿐이다. 그러니 아이들의 미래상이 거기에서 벗어나지 못하는 것이다. 물론 그 직업이 나쁘다는 것은 아니지만 대부분 공부를 아주 열심히 할 필요는 없는 직업이고, 사회적 보상이 최상급으로 주어지는 직업은 아니다.

대통령이 되겠다고 한다고 해서 모두 대통령이 되는 것이 아니듯이 미용사가 되겠다고 한다고 해서 다 미용사가 되지는 않을 것이다. 그러나 꿈을 크게 꾼 아이가 축소하는 것은 쉬워도 꿈이 작은 아이가 키우는 일은 흔치 않다. 성장하는 아이들 주변에는 이 나라와 이 사회를 움직이는 핵심적인 일을 하는 사람들이 보이지 않는다. 그들이 일하는 곳은 아이들이 사는 곳과 떨어져 있고, 대부분의 아이들은 고등학교를 졸업할 때까지 그런 곳을 방문할 기회가 없다.

뉴질랜드에서 나를 통해 손해배상 소송을 제기한 의뢰인이 있었다. 의뢰인이 나를 만나러 올 때마다 손녀가 함께 왔다. 소송이 으레 그렇듯이 1년 이상의 기간이 소요되었고, 소송이 끝난 뒤 의뢰인이 집으로 식사초대를 했다. 자연스럽게 아이들 이야기가 나왔고, 할아버지를 따라서 내 사무실에 여러 번 왔던 아이 이야기도 나왔다. 그 아이의 장래 희망이 무엇이었겠는가? 그렇다. 변호사였다.

그전에는 장래희망이 다른 것이었는데, 내 사무실에 여러 번 와보니까 할아버지가 나이도 훨씬 젊은 변호사에게 공손하게 대하고 그의 말을 열심히 듣는 것을 보았다. 그 아이가 지금까지 만나본 사람 중에서 가장 높은 사람이 자기 할아버지가 공손하게 대하는 변호사였다. 그래서 변호사가 되기로 진로를 정한 것이다. 내게 일을 맡긴 자기 부모님을 따라서 나를 만나러 왔던 아이들 중에 변호사가 되겠다고 마음먹은 아이들이 여럿 있다. 그 아이들은 변호사가 되기로 정한 다음부터 공부를 열심히 한다고 했다. 공부를 해야 할 이유가 생긴 것이다.

아이들에게 공부할 이유를 주어야 한다. 역할 모델이 필요하고, 비전이 필요하다. 성공한 사람의 전기를 읽힌다든가, 직접 만나게 한다든가 하는 것이 효과적인 방법이다. 아이들은 되고 싶은 사람이 있으면, 그 사람이 되기 위해 공부한다. 개그맨이나 미용사가 목표인 아이들이 학교 공부를 열심히 하겠는가, 변호사나 서울대학교 물리학부 교수가 되고 싶은 아이들이 공부를 열심히 하겠는가? 서울대학교 물리학부 교수를 생전 본 적도 없고 그에 대해 들은 적도 없는 아이가 그것을 자기의 장래 희망으로 삼겠는가, 텔레비전에 매일같이 나오는 박지성이나 마빡이가 장래 희망이 되겠는가?

학교에서는 그 역할을 해주지 않는다. 부모가 마련해주어야 한다. 아이를 데리고 다니면서 사람을 만나게 하든지, 책을 통해 동경심과 비전을 갖게 하든지. 영미권의 동네 도서관에는 다행히도 현존과 근대인물에 대한 전기가 많이 있다.

전기물의 특징은 그것이 고급 영어로 씌어 있다는 점이다. 소설책은 작가들이 자신의 어휘 실력을 뽐내느라고 평소에 잘 쓰지 않는 단어들을 가끔 사용해서 읽기가 불편하다. 어떤 작가의 소설에서 딱 한 번 마주친 단어는 사전을 찾아서 외우느라 애쓸 필요가 없다. 아마도 평생에 다시는 마주치지 않을 것이니까.

그에 비해 전기물은 전기 작가의 어휘력을 뽐내는 자리가 아니다. 그래서 문장도 평이하고, 어휘도 일반적이고 실용적인 것들을 많이 쓴다. 아이들이 보고 배워야 할 문장이 그런 것이다.

# 다른 과목은 어떻게 공부할까

조기 유학은 2년이 가장 적당한 기간이라는 것은 앞에서 이야기했다. 이 기간 동안에 가장 중요한 목적은 영어를 마스터하는 것이라는 것도 언급했다. 사실 영어권 국가에서는 그 기간 동안에 산수나 수학을 가르치는 수준은 아주 낮다. 유학을 하는 2년 내내 한국 아이들은 대부분 산수에서는 좋은 성적을 올린다. 산수 문제를 푸는 데는 영어도 별로 필요 없으니까 처음 와서부터 당장 좋은 점수를 받는다.

그럼 다른 과목은 어떻게 공부하는가. 어떤 아이는 엄마에게 이렇게 말했다고 한다. 나는 영어만 배우면 되니까 다른 과목은 공부할 필요가 없지? 그 엄마의 대답이 현명했다. 세상의 이치와 사물을 묘사하는 것이 언어다. 영어를 배우는 것은 영어로 역사나 지리, 그리고 과학 과목에서 배우는 사실을 표현하고 이해할 수 있기 위해서다. 그러니 네게는 모든 과목이 영어 과목이다.

부모를 따라서 이민 온 아이들은 영어 능력 때문에 다른 과목 성적
도 떨어진다. 그래서 많은 아이들이 될 수 있으면 영어를 사용하지 않
는 과목을 선택한다. 자연과학 과목처럼. 한국에 있었으면 문과 과목
을 했을 아이가 영어를 사용하는 나라에 왔기 때문에 갑자기 이과 적
성이 되어서 이공계 대학으로 진학하는 것이다. 이공계 대학으로 진
학할 것 같으면 뭐 하러 유학을 왔나 하는 생각을 하곤 한다.

농업이 발달하지 않은 나라에 좋은 농과대학이 있을 수 없고, 공업
이 발달하지 않은 나라의 공과대학이 수준이 높기 힘들다. 한국이 뉴
질랜드보다 공업이 발달했다. 당연히 한국의 공과대학이 교육내용이
나 시설 면에서 이 나라보다 뛰어나다. 공과대학을 가려면 한국에서
대학을 가는 게 낫다. 한국에서 공과대학에 갈 실력이 되지 못하는 아
이가 유학을 온다고 해서 성적이 좋아지고 대학에 들어가는 것이 아
니다.

처음 2년 정도는 다른 과목의 수업을 제대로 따라가지 못하는데 그
것은 영어 때문이다. 그러면 맨땅에 헤딩하는 셈으로 아이가 이해되
지 않는 수업 시간에 참고 앉아 있는 고통의 시간을 통해 영어도 늘고
해당 과목의 지식도 늘도록 기다리고 있을 것인가? 가끔 그렇게 되는
경우도 있지만 아주 미련한 방법이다. 아이들이 너무 힘들다. 그리고
대부분의 아이들은 그 과정에서 학습에 대한 흥미를 잃어버리고 수업
태도가 나빠진다. 처음에 들리지 않아서 이해하지 못했던 부분을 나
중에 따라잡기가 힘들다.

고등학교에 다니는 아이를 데리고 와서 2년 만에 좋은 성적으로 대학에 입학시킨 어떤 어머니가 해준 이야기이다. 그분은 학교에서 배우는 다른 과목, 역사나 지리 생물 등에 대해서는 한국의 교과서와 참고서를 사용해서 공부를 시켰다고 한다.

일단 한국어로 이해를 하고, 아는 내용을 영어로 들으니까 그 과목 성적도 올라가고 영어도 빨리 는다. 영어로 된 교과서를 한글로 번역해서 설명을 듣는 과외는 안 된다. 그것은 영어를 공부하는 데 방해가 된다. 해당 과목의 한국 교과서를 가지고 공부를 하는 것이다.

물론 한국의 교과과정과 이곳의 교과과정, 그리고 교육내용이 반드시 일치하지는 않는다. 그래도 상관하지 말고, 한국에 있었으면 배웠을 과목, 그 학년에서 가르치는 과목을 배우는 것이다. 그렇게 되면 한국에 돌아가서 수업을 따라잡는 데도 힘이 덜 든다.

# 영어의 바다에서 헤엄치면 영어가 저절로 늘까

이민 온 지 4~5년이 넘는 청소년 중에 영어를 더듬거리는 아이들이 수두룩하다. 어떻게 그런 일이 생길 수 있나? 뉴질랜드에 산다고 아이들이 영어의 바다 속에서 살고 있는 것이 아니기 때문이다.

집에서는 100퍼센트 한국말만 하지(요즘은 비디오로 한국 드라마를 빌려보는 정도가 아니고 위성 TV로 한국 뉴스, 한국 프로그램을 실시간으로 받아본다. 그뿐인가? 뉴질랜드의 저녁 뉴스도 세 시간 후에 한국말 자막을 넣어 방영한다), 학교에 가서도 수업시간에 선생님에게 듣는 것 외에는 영어를 쓸 일이 없다.

스물네 시간 영어만 하는 환경에 데려다놓은 것 같은데 사실은 그게 아닌 것이다. 교회도 한국 교회를 가고, 학교에서 만나고 같이 노는 친구들은 모두 한국 아이들이다. 그런 환경에서는 차라리 한국에서 집중적으로 영어 과외를 시키는 것보다 더 영어가 늘지 않는다. 많은 부모들이 자녀들에게 한국 친구와 사귀지 말고 키위 친구와 놀라고 잔소리를 하지만 그건 마치 옆으로 걷는 게가 새끼 게에게 너는 옆으로 걷지 말고 똑바로 걸어라 하고 주문하는 격이다.

부모들은 한국 비디오 보고, 한국 텔레비전 보고, 한국 교회에 나가며, 한국인 친구들과 놀러가지 생전 키위들과 어울리지 않는다. 아이들도 마찬가지다. 학교에 가면 한국인 학생들과 어울릴 것이냐 키위들과 어울릴 것이냐 결정해야 한다. 둘 다 할 수는 없다. 그러면 동물 전쟁의 박쥐 꼴이 되고, 간에 붙었다 쓸개에 붙었다 하는 놈이 된다. 입장을 정해야 한다. 웬만한 강심장, 얼굴에 철판 깐 녀석이 아니면 동포를 외면하고 키위들과 붙어서 시시덕거릴 수 없다. 부모들이 자기 자녀들보고 그런 녀석이 되라고 하는 것이다. 자기들은 못하는 영어가 부끄러워서 교회도 한국인들끼리 모이는 데 가고, 골프장에서도 한국인들끼리 몰려서 골프를 치면서.

아이들도 99퍼센트는 한국 학생들끼리 모여서 논다. 요즘은 인터넷도 있다. 채팅도 한국말로 한다. 한국에서는 오히려 영어를 배우겠다고 영어로 채팅하는 사이트에 부지런히 들락거리던 녀석들도 여기서는 당연하다는 듯이 한국말 사이트만 들어간다. 영어, 생전 쓸 일이 없다. 그렇게 2~3년 지나면 영어를 많이 쓰는 과목은 신청도 하지 않는다. 여기서는 고등학교 때 이미 과목을 선택한다. 한국의 고등학교만큼 다양한 과목 중에서 대여섯 과목만 선택해서 듣는다. 그중에서 영어, 역사, 정치, 고전, 문화 같은 과목은 많이 읽고 많이 써야 하는 과목이다. 영어를 못하면 따라가기 힘들고 성적도 잘 나오지 않는다.

역설적으로 이런 과목을 공부하면 영어가 쑥쑥 는다. 단, 공부를 열심히 한다는 전제 아래. 이런 과목을 신청해놓고 다른 아이들처럼 놀 것 다 놀고 대강대강 수업 듣는 것으로 때우려 하면 영어도 늘지 않고 낙제하기 십상이다. 아이들은 아이들이다. 그런 소문 다 듣는다. 우선 먹기는 곶감이 달다. 그래서 이런 과목을 피한다. 부모들을 설득하기는 쉽다. 이런 과목 선택하면 성적이 잘 안 나와서 대학 가기 힘들다고 한다. 그 한마디면 끝이다.

다른 나라에 와서 살면서도 부모들은 제도가 다른 것을 모른다. 그래서 부모와 자녀가 합작해서 영어를 별로 하지 않아도 되는 과목, 수학이나 과학 과목들을 주로 듣는다. 처음 와서 영어가 팍팍 늘어야 하는 시기에 영어를 별로 사용하지 않는 과목만 듣지, 집에서나 학교에서 영어를 쓸 일이 없지, 그러니 이 나라에서 5년 6년 넘게 살고, 심지어는 대학교를 졸업해도 영문 편지 하나 제대로 쓸 줄 모르는 아이들이 수두룩한 것이다.

그래도 그 토막 영어가 한국에서 대학 나온 아이들의 평균 수준보다는 나은 모양이다. 이 나라에서 대학교를 졸업한 아이들이 한국에 가서 대기업은 아니더라도 중소기업에는 취직을 하는 모양이다. 그래, 그 정도면 되었다고 생각하면 할 말이 없다. 그 정도로는 성에 차지 않는 분들을 위해 드리는 안내 말씀이다.

앞부분을 읽으면서 대개 짐작하셨겠지만, 아이들의 영어실력 향상의 최대의 적은 사랑스런 내 민족, 내 동포다. 이민 초기에는 한국 학생이 없는 지역으로 무조건 가야 한다.

한국 교민들이 많이 사는 도시에 있는 좋은 학교에는 당연히 한국 학생들이 많다. 한국 교민들이 많이 사는 도시에 한국 학생들이 별로 없는 학교는 교육 수준이 별로 높지 않다고 보면 된다.

뉴질랜드는 학교별 독립 채산제에다 학교별 재량권이 상당히 많기 때문에 학교마다 교사나 교육열, 시설 차이가 엄청나다. 한국 학생이 없는 학교에 보낸다고 대학 수능 시험 합격률이 30퍼센트도 되지 않는 학교에 보내는 것은 좀 문제가 있다. 그런 학교는 또 가정환경이 좋지 않은 학생들이 많이 산다. 배울 것이 좀 적은 분위기라는 것이다.

해답은 지방 도시다. 아직도 오클랜드와 웰링턴, 크라이스트 등의 도시를 제외하고는 한국인을 비롯한 아시아인의 침투가 뚜렷하지 않은 곳이 많다. 웰링턴만 하더라도 오클랜드에 비하면 한국 학생들 숫자는 거의 심심산골이다. 이런 곳에서는 현지인들의 아시아인에 대한 적개심이 대도시보다 훨씬 덜하다. 인정 많은 키위의 손님 대접을 고스란히 받을 수 있는 중소 도시가 많이 있다. 그런 곳에 가서 정착하는 것이다. 물론 힘들다. 오클랜드 같은 대도시에 있으면 한국사람에게 필요한 시설이 없는 게 없고, 영어 한 마디 하지 않고 살 수 있는데, 이런 시골 도시에 가면 김치 담을 배추도 구할 수 없고 문 밖을 나서면 영어로 말해야 한다. 부모의 스트레스가 심할 것이다.

그러나 그 스트레스가 약이다. 부모도 영어가 빨리 늘고, 자녀들은 더 말할 필요도 없다. 유학 오자마자 시골에 틀어박혔던 아이하고 그 기간을 오클랜드에서 지냈던 아이하고 2년 후에 만나면 영어가 차원이 다르다. 오클랜드에서 키위 대학생으로 개인 교습을 붙여서 닦달을 하면서 영어를 공부시켜도 시골에서 키위들하고 공 차고 놀러 다니며 지낸 아이의 영어 발뒤꿈치도 따라가지 못한다. 그렇게 시골에서 3년 정도 지나면 다시 공부 잘하는 오클랜드의 고등학교로 데리고 와도 된다. 한국 아이들과 어울려서 지내는 시간이 늘어나니까 영어가 좀 줄어들기는 하겠지만 이미 기본이 되어 있으니까 그 정도 후퇴는 받아들일 만하다.

그때부터는 학과 성적도 중요하니까 오클랜드나 웰링턴의 좋은 학교에 다니는 것이 좋다. 그리고 고등학교 동창도 중요하니까. 학교 다닐 때 친하게 지나지 않더라도 같은 고등학교를 나오면 사회에서 만났을 때 훨씬 부드럽다.

서양은 학벌 인맥을 보지 않고 실력만으로 대접받는다고 한국에서 목청을 높이는 사람은 서울 가보지도 않고 남대문 문지방이 박달나무로 되어 있다고 주장하는 촌놈들이다. 적어도 영국에 뿌리를 두고 있는 나라들은(우리나라 사람들이 아이들을 조기 유학 보내는 나라들은 모두 여기 해당된다) 모두 실력보다 인맥이다. 그래서 기를 쓰고 기부금을 내가면서 하버드 예일에 자식들을 집어넣는 것이다. 일단 그 학교를 졸업하면 인생이 편안하니까.

부모들의 기부금 덕분에 입학한 머리 나쁜 아이가 하버드 · 예일을 졸업한다고 갑자기 석학이 되지는 않는다. 그런 아이들은 그냥저냥 학점 받아서 졸업하면 부모의 비즈니스를 물려받고, 학교 친구들과 선후배들의 인맥을 이용해 사업체를 경영하는 것이다.

뉴질랜드에서도 좋은 고등학교에 아이들을 집어넣으려고 부모들이 무진 애를 쓴다. 기부금을 내는 것은 기본이다. 어떤 사립학교는 기부금만으로는 되지 않는다. 부모나 형제가 그 학교를 나왔으면 우선권이 있다.

요즘 오클랜드에는 몇 년 전에 생긴 사립 고등학교가 한국 교민들에게 인기가 있다. 중국인들이 세운 이 학교는 한국의 학원처럼 공부를 세게 시킨다고, 대학교 가기가 쉬울 거라고 생각하고 한국 부모들이 기를 쓰고 자녀들을 보낸다. 그 학교는 외국인 학생 비율이 높다. 중국인 비율이 특히. 아마 그 학교를 졸업하면 나중에 중국에 진출하기는 좋을 것이다.

그러나 뉴질랜드나 영미권의 사회에서 활동을 한다면 이 나라를 주무르는 사람들을 배출하고 역사가 있는 학교를 보내는 것이 아이 장래를 위해서 바람직하다. 주의할 것은 처음부터 그런 학교, 좋은 학교에 아이들을 보내지 말라는 것이다. 그 이유는 위에 설명했다.

우리 아이는 중학생이니까 금방 영어가 늘겠지라고 생각하면 안 된다. 한국에서 중학생이면 한국말을 얼마나 잘하는가? 초등학교 6학년이면 맞춤법을 비롯해서 비슷한 말 반대말 등 한국말 어휘를 마스터한다. 그리고 중학교 2학년이면 한국말 문법을 완성한다. 그다음에는 한국어를 더 배울 일이 없다. 그 이후의 국어시간에 배우는 것은 국문학이지 한국어가 아니다.

마찬가지로 이 나라에서도 중학교 2학년쯤 된 아이들은 영어를 마스터한 상황이다. 그런 아이들의 수준을 전제로 수업이 진행된다. 영어를 못하는 한국 유학생이 그처럼 영어가 완성된 아이들과 한 반에 섞여서 앉아 있으면 저절로 영어도 마스터하고 학과 과목도 따라갈 것이라고 믿는 것은 미신이다. 영어가 안 되니까 수업도 따라가지 못한다. 그냥 학교에 보내는 것만으로는 턱도 없이 부족하다. 학교에서 외국인 학생들을 위해서 시행하는 영어보충수업에 참석하는 것 가지고도 안 된다. 늦게 시작한 만큼 더 많은 노력을 기울여야 한다.

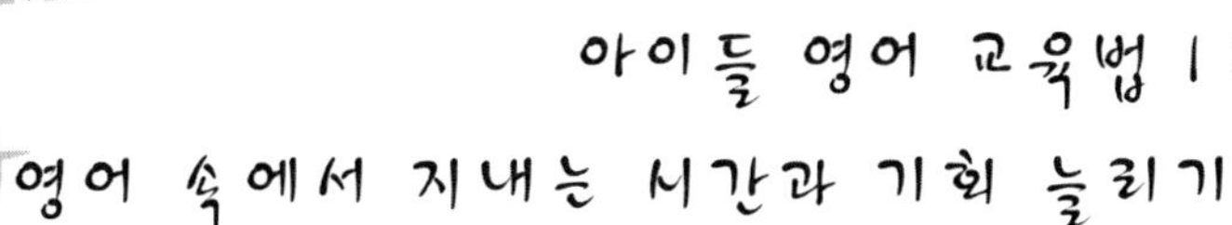

# 아이들 영어 교육법 I:
## 영어 속에서 지내는 시간과 기회 늘리기

조기 유학의 목적은 첫째도 영어, 둘째도 영어다. 교과과목을 공부하는 것은 첫째, 학교에 나가서 친구들과 어울릴 기회를 갖는 것이요, 두 번째는 영어로 된 교과서를 읽으면서 영어로 진행되는 수업을 들으면서 영어가 늘기 때문이다. 거기까지는 학교만 보내놓으면 저절로 하게 된다. 문제는 방과 후, 그리고 주말을 어떻게 보낼 것인가 하는 것이다.

방과 후에 과외 학원을 보내는 부모들이 많다. 영어 학원을 보내는 것이다. 한국인이 경영하는 과외 학원에서는 스파르타식으로 교육을 시킨다. 하루에 단어를 200개씩 외우게 하는 학원도 있었다. 단어의 뜻은 한국어로 써놓은 단어장을 바탕으로.

이런 영어 공부를 시키려면 한국에 있지 뭐 하러 이곳까지 왔나 싶다. 결론부터 이야기한다면 이런 식의 영어 과외는 아이들의 영어 실력 향상에 방해가 된다. 이곳으로 아이들을 데리고 오는 이유는 영어가 원래 사용되는 모습대로 배우게 하는 것이다. 아이들 때에 유학을 오게 되면 한국어로 생각해서 영어로 표현하는 제2외국어 습득이 아니라 영어로 생각해서 영어로 말하는 능력을 갖출 수 있게 되기 때문이다.

후자가 훨씬 제대로 된 영어를 하게 될 것이고, 전자의 방식으로 배운 영어는 콩글리시를 벗어나지 못한다. 한번 그런 영어 학원에 다니는 아이가 외우고 있는 단어장을 본 적이 있다. 거기에 적혀 있는 영어 단어 중에는 그 아이 평생에 다시 만날 가능성이 없는 것들도 있었고, 뜻이라고 한글로 적어놓은 것은 그 단어가 가지고 있는 많은 뜻 중 한두 개에 불과했다. 때로는 틀린 것도 있었다. 그런 단어를 외우느라고 아이에게 제대로 영어를 만날 시간을 빼앗기는 것도 문제다.

현지에 유학을 온 아이들이 영어를 빨리 늘게 하는 것은 그냥 영어 속에서 지내는 시간과 기회를 늘리는 것이다. 초등학교 때부터 영어를 공부하는 아이는 주어진 상황에서 필요한 단어와 문장이 저절로 머리에 떠오른다. 왜 그 단어를, 그런 문장을 써야 하는지 한국어로 설명하라고 하면 설명할 수 없다. 그냥 그렇게 하는 것이 바른 것 같아서 그렇게 한다는 것이다. 그것이 현지인들이 생각하고 말하는 방식이다.

아무리 초등학교 나이부터 시작해도 그런 단계에 도달하려면, 더구나 2년 안에 그 단계까지 올라가려면 그냥 학교에서 수업 듣고, 친구들과 대화하는 것으로는 안 된다. 한국인이 경영하는 영어 학원에 가서 단어 외우고 번역해서는 더더욱 안 된다. 초등학교 6학년쯤 되면 아이들이 자기 생각을 정확하게 표현할 줄 안다. 중학교 2학년이면 더 말할 것도 없다. 현지 아이들은 게다가 집에 가서도 영어로 식구들과 이야기하고, 영어로 된 책을 읽고 영어로 된 텔레비전 프로그램을 본다. 그러니 그 아이들의 영어는 계속 발전하는데, 우리 유학생 아이는 집에 오면 엄마와 한국어로 이야기하고, 엄마가 빌려오는 한국 텔레비전 프로그램을 시청하고, 컴퓨터가 있으면 한국의 친구와 한국어로 채팅한다. 이래 가지고는 2년 아니라 10년이 지나도 영어가 늘 수가 없다.

실제로 중고등학교 때 부모 따라 이민을 와서 이곳에서 대학교까지 졸업한 한국 아이들 중에 영어를 제대로 하는 아이는 소수다. 위에 말한 환경 때문에 그렇다. 엄마는 그런다. 나는 한국 텔레비전을 보고, 한국 친구들을 만나고, 한국 교회에 나가도 너는 학교에서 백인 친구만 사귀고, 영어로 된 프로그램만 보고, 영어로 된 책만 읽으라고. 그게 현실적으로 가능한 일이 아니다. 마치 옆으로 기는 게가 새끼 게에게는 똑바로 기어 다니라고 요구하는 것과 같다.

한국이 아이들 교육시키기가 어떤 면에서는 더 쉽다. 수입이 괜찮은 남편을 만나서 학군 좋은 아파트 단지에 집을 정하고, 비슷한 수준의 부모들 몇 명이 어울려서 아이의 과외 팀을 짜주면 그것으로 엄마의 역할은 거의 끝난다. 아침에 도시락 세 개 싸서 보내면 한밤중이 되도록 아이는 집에 돌아오지 않는다. 가끔 과외 선생과 학교 선생님을 챙기고, 동네의 다른 엄마들과 정보를 교환해서 좋은 과외 팀에서 빠지지 않도록 하기만 하면 된다.

하지만 여기는 그렇게 좋은(?) 환경이 구비되어 있지 않다. 대신 돈이 많지 않은 사람도 돈 많은 사람 못지않게 아이들에게 제대로 된 교육을 시킬 수 있다. 단, 엄마가 아이와 함께 움직여야 한다. 한국의 돈 많은 엄마처럼 남에게 맡겨놓고 자기는 놀러 다녀도 되는 상황이 아니다. 물론 여기도 그렇게 하는 사람들이 있지만, 그 결과는 신통치 못하다.

# 아이들 영어 교육법 2 : 도서관과 친해지게 하기

아이들이 영어를 배우는 것은 수업시간에 듣고 친구들이나 선생님과 대화하는 동안에 저절로 이루어지는 것이 아니다. 그렇게 해도 늘기는 하겠지만, 속도가 느리고, 문법적으로 엉망인 영어를 사용하게 될 가능성도 있다. 조기 유학을 온 아이는 대부분의 한국사람들에 비해 일찍부터 영어를 배우고 사용하는 환경에 처하지만, 이곳에서 나서 자란 아이들과 비교하면 엄청나게 늦은 나이에 말을 배우기 시작하는 것이다.

한국에서 아이가 열두 살이 되도록 말을 하지 않는다고 생각을 해보라. 열두 살이면 다른 아이들은 이미 상당한 수의 어휘를 사용할 수 있고, 기본적인 문법은 마스터한 단계다.

그런 아이들과 한 반에서 공부하고 시험으로 경쟁하는 것이다. 엄청난 스트레스와 갑갑증이 따를 수밖에 없다. 이 과정을 제대로 극복하지 못하고 학교에서 지진아가 되는 아이들도 있다. 그래서 초기 단계에 세심한 지도가 필요한 것이다. 영어 과외를 붙이거나 학원에 보내는 것이 해결책이라고 대부분 생각하는데, 주위의 경험을 비추어보면 그렇게 하는 것이 바른 방법이 아니다.

바른 방법은 첫째로, 아이에게 읽을거리를 계속해서 공급하는 것이다. 무슨 책을, 어떻게 구해서 읽히는가 하는 것이 당장 떠오르는 의문이다. 엄마가 영문학을 공부한 것도 아니고, 설사 영문학을 공부했다고 하더라도 성장기의 아이에게 읽히기 좋은 책이 무엇인지 알 수가 없다. 학교에 가서 물어본다고 하더라도 '추천도서목록' 같은 것도 없다. 그러니 어떤 책을 어떻게 구해서 읽힐 것인가에 대해서 엄두가 나지 않는다. 책값은 또 얼마나 비싼가? 페이퍼백 한 권에 한국 돈으로 2~3만 원씩 한다. 열 권만 사서 읽힌다 하더라도 당장 몇십 만 원의 돈이 들어간다. 그리고 열 권만 읽혀서 끝날 일이 아니지 않은가?

막막하고 답답한 이야기 같은데, 사실은 쉬운 해결책이 있다. 동네의 도서관이 그 해결책이다. 뉴질랜드에는 동네마다 도서관이 있다(한국도 물론 그럴 것이다). 동네 도서관에 가보면 건물은 소박한데 책은 엄청나게 많다. 도서관의 대부분 면적이 서가로 사용되고 있고, 도서 열람용 테이블이 있는 공간은 얼마 되지 않는다. 서가에 꽂혀 있는 책을 보면 대부분이 대중소설이다. 전기류도 많고 실용서적도 있다. 베스트셀러는 모두 있고 잡지도 있다. 책방에 책 사러 갈 필요가 없어진다.

건물만 번듯하고 폐가식으로 되어 있어서 찾기도 불편하고 책이라고는 대부분 출판사에 구걸해서 헌책, 쓸모없는 책들로 많이 채운 한국의 공공 도서관과는 성격이 다르다. 도서관 예산이 상당한데, 모두 시에서 부담한다. 예산의 대부분이 도서 구입비로 쓰이고, 그다음이 인건비로 쓰이는 것 같다. 직원 숫자도 많고, 직원의 대우도 괜찮은 것 같다. 괜찮은 대우를 받는 사람들이 아니라면 그렇게 친절하기가 힘들다. '친절하자'고 리본 달고 어깨띠 메고 구호를 아무리 외쳐도 자기가 일하는 조건이 마음에 안 드는 직원은 손님에게 친절하기가 어려운 것이다. 우리나라 대민업무를 보는 공무원도 월급을 두 배로 올려주어 봐라. 항상 즐거워서 싱글벙글할 거고, 친절이 저절로 우러나올 것이다.

나와 함께 오클랜드 대학교 법과대학을 졸업하고 뉴질랜드에서 빅3로 꼽히는 로펌에서 근무하던 잘나가던 여자 변호사가 스트레스 심한 변호사 업무를 그만두고 타카푸나 시립도서관에 취직한 일이 있다. 결혼해서 아이 낳고 키우면서 본격적으로 대학에서 사서가 되기 위한 공부도 하고 있다. 일류 로펌의 변호사 하던 사람이 그만두고 취직할 정도로 근무환경이 좋은 곳이 이 나라의 시립도서관이다.

이 도서관에 가면 어린이 코너, 청소년 도서 코너가 따로 마련되어 있다. 도서관에서 책을 고르는 방법이 있다. 동화라고 영어가 쉬운 것은 아니다. 그러니 무조건 동화를 읽힐 생각을 하면 안 된다.

제일 먼저 선택할 책은 그림과 사진이 많은 책이다. 사진이 많이 들어 있는 하드커버로 되어 있는 두툼한 책들을 서점에서 사려면 상당히 비싸다. 일반 페이퍼백 소설 한 권에 한국 돈으로 2만 원 정도 하는 나라니까. 그런 책들을 도서관에서는 엄청나게 많이 빌려준다.

맨 처음 이민 와서 도서관에 갔을 때 사서에게 물어봤다. 한 번에 몇 권까지 빌려갈 수 있느냐고? 대답은 스물여덟 권이라고 했다. 그래서 우리는 그런 줄 알고 책을 빌렸다.

아이의 숙제가 있는 날은 몇 군데 시립도서관을 돌면서 관련된 책을 쓸어오다시피 해도 대여 제한에 걸려본 적이 없었다. 나중에 어떤 사서는 제한이 없다고 이야기하기도 했다. 숙제와 관련된 주제의 책을 서가에서 쓸어오다시피 해도 대개의 경우 스무 권을 넘지 않았다. 더 많이 빌려온다고 다 읽기나 하겠는가? 어쨌든 한 번에 스무 권 이상 빌려온 적은 없다. 아이의 공부용 책과 내가 읽을 소설책을 눈에 띄는 대로 빌려와도.

책을 빌리는 기간은 3주간이다. 3주 동안 다 읽지 못하면 기간이 만료되기 전에 전화로 연장할 수 있다. 또 3주 동안. 그렇게 몇 번씩이라도 연장이 된다. 단, 다른 사람이 그 책을 예약해두었으면 연장이 안 된다.

그렇게 풍성하게 빌려주는 책이 아이의 첫 단계 영어 공부 소재다. 먼저 빌려올 책은 아이가 좋아하는 주제와 관련된 사진, 그림책이다. 예를 들어 아이가 축구를 좋아하면 축구, 자동차를 좋아하면 자동차, 말을 좋아하면 말, 그런 식이다. 그런 주제별로 그림책이 잔뜩 있다. 빌려온 책을 아이가 다 읽으라고 요구할 필요는 없다. 아이는 처음에 그림만(사진만) 본다. 그러다가 흥미 있는 사진이 있으면 그 아래에 붙어 있는 캡션을 읽기 시작한다. 그러다가 본문을 읽고. 내용을 대강 알고 있으면 본문의 꿰어 맞추기가 가능하다.

그렇게 앞뒤 문맥 속에서 새로운 단어를 이해하면서 어휘실력이 늘어난다. 단어장 보고 외운 어휘와는 질적으로 다르다. 이렇게 익힌 어휘는 당장 써먹는다. 비슷한 상황에서.

다음 단계는 인기 있는 아동작가들의 책을 읽히는 것이다. 인기 있는 작가인가 아닌가를 판별하는 방법은 아주 쉽다. 서가에 가서 한 작가의 이름으로 책이 여러 권 나와 있는 것을 찾는다. 인기 있는 작가니까 계속해서 책을 낼 수 있었던 것이다. 해리 포터처럼 시리즈로 여러 권이 나온 경우도 있지만, 시리즈가 아니더라도 책이 많이 나와 있는 작가는 일단 인기작가로 간주해도 된다.

그렇게 한 작가의 책을 서가에서 싹싹 쓸다시피 가져와서는 아이에게 주는 것이다. 아이는 이 책 저 책 뒤져보다가 그중 한 권을 들고 읽어볼 것이다. 그 책을 다 읽고 다음 책까지 읽으면 그 선택은 성공이다. 한 작가의 책을 계속 읽으면 두 권째, 세 권째 지나면서 책 읽는 속도가 빨라진다.

그 작가가 사용하는 어휘와 문체에 익숙해지고, 시리즈의 경우에는 주인공도 익숙하므로. 이렇게 책을 읽으면서 아이는 어휘만 느는 것이 아니라 문법도 저절로 익히게 된다. '왜 그런지는 모르지만 그냥 그렇게 써야 될 것 같다'는 것이 문법과 관련된 우리의 질문에 답변을 해주면서 아이가 붙이는 설명이다.

조기 유학의 목적이 아이를 영어 교사나 학원 강사를 만드는 것이 아니라면 문법에 대해서 설명할 능력은 없어도 된다. 바르게 쓰고, 바르게 말할 줄 알면 되는 것이다.

처음 시작하는 책으로는 한국에서 읽었던 책도 좋다. 인기 있는 해리포터 시리즈 같은. 엄마들도 영어 공부하는 데는 도서관에서 빌린 소설을 읽는 것이 제일 좋다. 괜히 생활영어 한다고 백인에게 개인교습이나 그룹 레슨을 받아도 문법과 어휘, 그리고 독해력이 뒷받침되지 않고는 청취력이나 말하기가 늘지 않는다. 말하기를 잘하고 싶으면 영어로 글을 많이 써야 하고, 청취력이 늘려면 먼저 독해 속도가 빨라야 한다. 우리 한국사람들은 실제 이상으로 자기들이 독해는 잘한다고 생각한다. 떠듬떠듬 읽는 수준이면서. 독해를 거의 말하는 속도로 할 수 있으면 남의 말도 들린다.

# 아이들 영어 교육법 3:
# 주말 스포츠클럽에 꼭 가입시키기

초등학교에서 고등학교 사이의 자녀를 둔 뉴질랜드의 부모들은 주말에 자기 시간이 없다. 토요일 아침 늦잠은 생각도 할 수 없다. 물론 뉴질랜드는 토요일도 휴일이지만 학교에 다니는 자녀를 둔 부모들은 토요일에 늦잠은커녕 더 일찍 일어나서 아이들을 운동장으로 실어 날라야 한다. 축구를 하는 아들과 네트볼(농구 비슷하게 생긴 경기인데, 영연방 국가들에서 여자들만 하는 스포츠다)을 하는 딸을 두고 있다면 아버지는 아들을 태우고 축구장으로, 엄마는 딸을 태우고 네트볼 경기장으로 새벽같이 떠난다.

아이가 둘이면 한 명이 하나씩 책임을 지고 움직일 수 있어서 괜찮은데, 아이가 셋을 넘어가고, 아이들마다 하는 스포츠가 다르면 부모 중 한 명은 경기장 두 곳을 뛰어야 한다. 대부분은 집에서 가까운 동네 경기장에서 하지만, 원정경기라도 있을라치면 도시의 저쪽 끝까지 가야 한다. 오클랜드 시의 북쪽 끝에서 남쪽 끝까지는 도시고속도로를 시속 100킬로미터로 달려도 한 시간 넘게 걸린다. 원정 경기는 때로 이 도시의 반대편 끝에 있는 팀과 붙기도 한다. 한국에 있을 때는 전혀 몰랐던 것이, 영미의 학교 교육은 주말 체육활동이 포함되어야 비로소 완전해진다는 것이다.

나는 내가 학교를 다닐 때의 한국의 학교 교육에 대해 긍정적인 평가를 하고 있는 사람이지만, 체육교육에 대해서만큼은 그렇지 못하다. 넘어지기만 하면 무릎이 까지도록 엷게 모래를 깔아놓은 딱딱한 운동장, 그리고 일주일에 두세 시간에 불과한 체육시간, 그나마 60명의 아이들이 공 하나를 놓고 이리 뛰고 저리 뛰거나, 아니면 체력장 점수를 따기 위해 달리기나 멀리뛰기를 하는 시간이다. 제대로 팀을 짜서 경기를 해본 경험이 한국에서 학교 다닐 때는 없다. 그런 것은 운동부 아이들의 전유물이고, 방과 후 운동장은 그들이 독점한다. 나처럼 운동을 잘하는 축에 들지 못하는 아이들이 정식으로 팀에 소속되어서 경기를 해보는 기회는 없었고, 지금도 사정은 별로 다르지 않을 것이다. 한국에서 운동 경기는 사치거나 시간 낭비, 아니면 올림픽에서 국위를 선양하는 수단, 또는 프로 선수가 될 사람들이나 하는 것이었다. 반면 이 나라에서 정치가나 공직자 또는 큰 기업체를 경영하는 사람들의 경력을 보면 대부분 학교 때 무슨 운동을 했는지를 내세운다.

학교 다닐 때 단체 경기의 선수로 뛰는 경험을 하는 것은 그 아이가 어른이 되어서 살아갈 때 도움이 되는 덕목들을 길러주고 몸에 배게 해주는 좋은 기회다. 스포츠맨십이라는 단어 안에는 많은 의미가 담겨 있다. '승리를 위해 최선을 다한다'는 말은 애매모호한 말이 아니다. 승리를 위해 미리 노력하고, 전세가 좀 불리해져도 쉽게 포기하지 않고 끈질기게 달려든다든가, 이기는 것이 중요하지만 너무 승부에 집착해서 반칙을 불사하는 태도를 취하면 시합도 자존심도 모두 잃게 된다든가, 한번 승리했다고 자만했다가는 다음에 쓰라린 경험을 하게 된다든가, 지고도 품위를 잃지 않고 처신하는 것을 배운다든가, 패배를 딛고 다시 일어선다든가, 등등의 말인 것이다.

한 사람이 세상을 살아가는 데 갖추어야 할 덕목 중에 운동 경기에서 배울 수 없는 것이 없다. 그래서 영미 국가에서는 훌륭한 스포츠맨이 뛰어난 사업가가 되고, 뛰어난 정치가가 되는 것이다. 우리나라에서는 청소년기에 스포츠맨십을 익힐 기회가 없으니까 사업에서든 정치에서든 더티 플레이가 만연한 것인지도 모른다.

스포츠가 사람의 심성 훈련에 이렇게 중요하니까 미국의 명문대학교에서 신입생을 뽑을 때 학업 성적만 보지 않고 과외 활동, 그중에서도 스포츠 활동을 한 경험을 보는 것이다. 학교 운동부의 주장을 한 경험이 있는 학생은 입학 사정에서 가산점을 받는다. 그만한 이유가 있으니까 학생 선발 경험이 200년이 넘는 대학교들이 그 방식을 취하는 것이다. 그렇게 해서 뽑힌 학생들이 나중에 졸업해서 그 나라의 지도자가 되어 학교의 명예와 가치를 높여줄 것이라는 것을 경험을 통해 알기 때문에.

앞서 말했듯이 한국에서는 특별히 운동을 잘하는 아이 아니면 스포츠 팀의 일원으로 활동할 기회가 없다. 그런데 우리나라 어린이들의 조기 유학지로 선호되는 영미권 국가, 미국 캐나다 뉴질랜드 호주 등에는 모두 주말 어린이 스포츠클럽이 있다.

그런 클럽은 모두 회원 자치로 꾸려진다. 부모들이 운영위원을 맡아서 팀에 필요한 모든 준비를 하고, 아이들은 멤버가 되어서 뛰는 것이다. 평일에는 아이들이 학교에 갔다 와서 혼자 놀도록 내버려두는 부모도 토요일에는 아이들의 스포츠클럽 활동을 지원하는 것을 당연한 일로 여긴다(적어도 중산층 정도의 부모들은). 한국의 엄마들이 과외 팀을 짜듯이 뉴질랜드의 엄마들은 아이들의 스포츠 팀을 짜고, 좋은 아이들이 있는 팀에 자기 아이를 넣는 일에 한국의 엄마들이 좋은 과외 팀에 자기 아이를 넣는 일에 열심인 만큼 열심이다.

이렇게 중요한 활동에서 한국의 조기 유학생들은 예외 없이 제외되어 있다. 참 한심하고 안타까운 일이다. 마치 극장에 가서 예고편만 보고 오는 셈이다. 스포츠 팀에 참여하는 조기 유학생은 앞에 열거한 덕목 위에 더한 이익이 있다. 앞서 이야기했듯이 유학생이 되어서 학교에서 현지인 친구를 사귀는 일이 쉽지 않다. 엄청나게 독하고 이기적인 아이가 아니고서는 다른 한국인 학생들을 무시하고 현지인 아이들하고만 친구를 할 수는 없다. 설사 그렇게 한다 하더라도 마음 한구석에는 변절자가 된 것 같은 찝찝함이 있다. 한국인 학생들과도 어울리고 현지인 친구도 사귀면 제일 좋겠는데, 현실에서는 그런 일이 잘 일어나지 않는다.

　이것을 극복하는 길이 주말 스포츠 팀에 가입하는 것이다. 학교에서는 한국 아이들과 놀지 않던 아이들도 같은 팀이 되면 처음에는 서먹서먹하다가도, 몇 번의 게임을 함께 뛰고 승리의 기쁨과 패배의 분노를 함께 나누고 상대방 팀에 대한 적개심을 공유하다 보면 가까운 친구가 된다. 언어 장벽도 넘어서고. 스포츠 팀 구성원들은 함께 캠프도 하고 원정경기도 한다. 그뿐이랴. 같이 놀러도 다니게 된다. 이렇게 되면 학교에서는 한국 친구들과 어울리더라도 주말에는 다른 한국 친구들 눈치 보지 않고 자연스럽게 현지인 친구들과 사귀고 영어로 이야기하는 시간을 갖게 되는 것이다.

　종목은 아무거나 좋다. 뉴질랜드는 국민들이 럭비에 미쳐 있지만, 실제로 남자 어린이들이 하는 스포츠는 축구가 더 대중적이다. 아이가 남자이면 축구나 농구, 딸이면 네트볼이나 하키가 괜찮은 종목이다. 골프나 테니스 같은 개인 경기보다 단체 경기가 교육 목적으로 보면 더 낫다. 이런 스포츠 팀을 찾는 것은 쉽다. 지역 전화번호부를 보면 연락처가 나와 있다. 엄마가 영어가 모자라서 전화로 문의하기 힘들면 이웃집 할머니에게 부탁하면 된다.

# 아이들 영어 교육법 4 : 비디오 보여주기

과학기술의 진보를 학습에 적용하는 속도는 아주 느린 것 같다. 비디오에, 유선방송에, 인터넷까지 있는데도 아직도 교실에서 영어를 가르치는 방법은 1970년대 수준에서 크게 벗어나지 못하고 있다.

한국에서는 원어민 교사를 채용하느라고 난리다. 원어민 교사가 있으면 죽은 영어가 아니라 산 영어를 배울 수 있다고 생각하는 모양이다. 한국말을 모르는 원어민과 영어를 모르는 어린이들을 교실이라는 현장에 가두어놓는다고 얼마나 영어가 늘어날까? 그냥 원어민이 발음하는 것을 듣기 위해서라면 그 많은 원어민 교사를 학교마다 배치하느라고 애를 쓸 필요가 없다. 대형화면이 설치된 영어 학습실에 컴퓨터 영상으로 원어민이 읽는 것을 보고 듣게 하고, 아이들이 따라하게 하면 된다.

요즘은 아이들이 발음하는 것을 듣고 대조하는 프로그램도 가능한 모양이다. 이렇게 좋은 조건이 마련되어 있는데 뭐 하러 조기 유학이라고 바다 건너까지 와야 하는지 모르겠다. 그래봤자 학교에 잠깐 다녀오면 집에서는 한국과 다름없는 환경에서 사는데.

어쨌든 오건 말건 그건 본인 판단이고, 한국에서건 조기 유학을 가서건 아이들에게 효과적인 영어 공부 방법 중 하나가 한글 자막 없는 영어로 된 비디오를 보는 것이다. 영어 듣기가 잘 안 되는 부모들은 잘 모르시겠지만, 영화에서 사용되는 영어가 다 같은 영어가 아니다. 1960년대까지만 해도 표준말을 사용하는 것이 대사의 기본으로 여겨졌지만, 요즘 영화에서는 그래서는 현실감이 떨어지기 때문에 출연자의 캐릭터에 맞는 영어를 쓴다.

앞에도 말했듯이 영어는 발음과 어휘군에 따라 수십 가지로 다르다. 뉴욕 맨해튼 지역의 백인들이 쓰는 영어와, 슬럼가의 흑인들이 쓰는 영어가 다르다. 영국에서는 그 차이가 더욱 심해서 왕의 영어(King's English)와 노동자들이 많이 사는 북부 지방의 영어가 상당히 다르다. 예를 들어 아일랜드 사람들의 영어는 모든 문장의 끝을 올리는 악센트가 특이하고, 입도 크게 벌리지 않는다.

우리가 배울 영어는 표준영어다. 외국인이 한국어를 배우려면 서울말을 배워야 하듯이. 어떤 외국인은 경상도 사투리를 배워서 그것으로 텔레비전에서 인기를 얻기도 하지만, 우리가 영어를 배우는 것이 미국 텔레비전에 코미디언으로 출연하기 위한 것이 아니니만큼 정확한 영어를 배워야 한다.

비디오 중에서 괜찮은 영어를 쓰는 것은 대개 미성년자 관람가 영

화다. 그런 등급의 영화들은 관객층이 넓어야 하기 때문에 표준 영어
를 쓴다.

비디오로 영어 공부를 하는 방법의 요체는 같은 비디오를 반복해서
돌려 보는 것이다. 우리 아이는 여기 와서 〈사운드 오브 뮤직〉을 거의
50번 정도 보았다. 나중에는 거의 대사를 따라할 정도였다. 처음 왔을
때니까 거의 영어가 안 될 때였고, 한국에서 전혀 영어 공부도 한 적이
없었던 아이였다. 그렇게 같은 영화를 반복해서 보니까 듣기가 늘고,
말하기에도 도움이 되었다.

문제는 같은 영화를 반복해서 보는 것이 지루한 점이다. 여자아이
들이 남자아이들보다 더 잘 참는다. 누구나 같은 영화를 50번씩 볼 수
는 없을 것이다. 두세 번 보면 잘 보는 것이다. 그래도 상당히 도움이
된다.

## 김 시 원

서울에서 태어나 경기여자고등학교, 이화여자대학교와 대학원을 졸업했다. 뉴질랜드의 바이블 칼리지에서 카운슬링을 공부하고, 오클랜드의 공립고등학교에서 카운슬러로 6년간 근무했다. 남편을 따라 홍성으로, 뉴질랜드로 이사 다니면서 아이 하나를 키웠다.


## 권 태 욱

경남의 소읍에서 태어나 부산중학교, 경기고등학교, 서울대학교를 나왔다. 충남의 홍성YMCA, 대한YMCA 연맹, 일산출판문화산업단지 건설협동조합(지금 파주출판도시 전신) 등에서 근무하다 30대 후반에 뉴질랜드로 건너갔다. 오클랜드 법과대학을 졸업하고 변호사로 현지에서 9년 동안 근무했다. 지금은 돌아와서 한국에서 살고 있다.

이메일 주소: twkwon@hotmail.com

목표와 계획을 가지고 떠나는
**조기유학 서바이벌 가이드**

ⓒ 김시원·권태욱, 2007

지은이•김시원·권태욱
펴낸이•김종수
펴낸곳•도서출판 한울
편   집•김경아
초판 1쇄 인쇄•2007년 7월 20일
초판 1쇄 발행•2007년 7월 30일

주소(본사)•413-832 파주시 교하읍 문발리 507-2
주소(서울사무소)•121-801 서울시 마포구 공덕동 105-90 서울빌딩 3층
전   화•영업 02-326-0095, 편집 02-336-6183
팩   스•02-333-7543
홈페이지•www.hanulbooks.co.kr
등   록•1980년 3월 13일, 제406-2003-051호

Printed in Korea.
ISBN 978-89-460-3762-5   03810

* 책값은 겉표지에 표시되어 있습니다.